Für Bettina

Thomas Pyczak

Nachtigall

Erzählungen

Bibliografische Information der Deutschen Nationalbibliothek
Die Deutsche Nationalbibliothek verzeichnet diese Publikation in der
Deutschen Nationalbibliografie; detaillierte bibliografische Daten sind
im Internet über www.dnb.de abrufbar.

Gestaltung Inhalt & Cover: Bettina Pyczak
Illustration Cover: Adriana Mortelliti
Lektorat: Claudia Brendler
Korrektorat: Ute Winkler und Rebecca Resch

Herstellung und Verlag:
BoD – Books on Demand, Nordersted

ISBN: 978-3-7460-5550-3

Inhalt

Lederhosen   7

Klabauterkatzen   25

Ach, Lonzo!   36

Kleine Taube   64

Der mit der Glückskatze   79

Bitte lassen Sie meinen Hund nicht rein   93

Moskito   114

Schwarzer Hund   137

Nachtigall   162

Qué pasa?   212

Schattenvogel   231

Lederhosen

»Die Größe und den moralischen Fortschritt einer Nation kann man daran messen, wie sie die Tiere behandelt.«

– Mahatma Gandhi

Ich begegnete ihr zwei Mal an einem Tag, danach sah ich sie nie wieder. Vielleicht habe ich mich in sie verliebt oder in ein gezuckertes Trugbild von ihr. Jedenfalls habe ich sie nie gegoogelt. Ich will sie nicht hassen oder vergöttern, wie all die anderen. Ich will sie erinnern, wie sie war, an diesem Tag im September. Ein blondes Mädchen in Lederhosen.

Das erste Mal traf ich sie in einem Trachtengeschäft in der Münchner Innenstadt. Ich hatte mir den Vormittag freigenommen, um Lederhosen zu kaufen. Maria, eine Kollegin, wollte mich beraten. Wir waren im Café

Nymphenburg Sekt auf dem Viktualienmarkt verabredet, dort wartete ich an einem der Stehtische auf sie. Ich trank einen Espresso, aß Brioche mit Marmelade und ließ die Sonne auf mein Gesicht scheinen. Ich dachte an meine ersten und einzigen Lederhosen. Ich war sechs Jahre alt, es gibt ein Foto, das Datum steht auf der Rückseite. Meine Mutter hat mir erzählt, dass ich die Lederhosen liebte, bis zu dem Tag, an dem ich beschlossen hatte, kein Kind mehr zu sein und sie nicht mehr zu tragen. Was meine Mutter nicht wusste: Ich war zu dieser Zeit verliebt in die Tochter unserer Nachbarn. Sie war zwei Jahre älter als ich. Am Ende des Sommers sagte sie zu mir: „Ich bin jetzt erwachsen. Ich kann nicht mehr mit Kindern befreundet sein, die Lederhosen tragen." Kurz darauf beschloss auch ich, erwachsen zu sein. Das ist jetzt zwanzig Jahre her.

Ich hätte mir nie im Leben wieder eine Lederhose gekauft, wenn mein Chef mir nicht seine Wiesn-Einladung gegeben hätte. Käferzelt, am Sonntag, eine exklusive Runde von Geschäftspartnern. Er sagte: „Das ist kein Besäufnis. Das ist eine Verabredung mit Ihrer Zukunft, Mats." Ich mag keine Volksfeste, auf denen man sich verkleidet, ich bin nicht aus Bayern, er wusste das. Als ich schweigend zu Boden blickte, sagte er nur: „Ich zähle jetzt bis drei. Wenn Sie die Einladung nicht annehmen, bekommt sie Joachim. Eins ..." Joachim hatte mit mir als Trainee angefangen. Wir konnten uns vom ersten Tag an nicht leiden. „Zwei ..." Ich war mir sicher: Joachim würde zugreifen.

„Und d…" „Danke", sagte ich, „ich weiß Ihre Großzügigkeit zu schätzen." Er lächelte. „Kaufen Sie sich schöne Lederhosen. Man achtet auf so etwas."

Die Glocken der umliegenden Kirchen läuteten und mein Handy piepste. Message von Maria: „Meine Tochter hat Fieber. Sitze beim Arzt. Sorry." Ich schrieb zurück: „Wünsche gute Besserung. Worauf soll ich beim Kauf der Lederhose achten?" „Nimm eine dunkle. Kniebund. Das ist fesch."

Ich war der erste Kunde. Die Verkäuferin litt unter dem weit verbreiteten Wiesn-Schnupfen. Sie schniefte und hustete, machte keinen Schritt zu viel und gab mir genau das, was ich wollte: dunkel und dreiviertellang, drei verschiedene Ausführungen. Die günstigste Lederhose saß wie ein Sack, ich zog sie gleich wieder aus. Die zweite Lederhose war zu lang. Erst die dritte passte, und ich traute mich aus der Umkleidekabine. „Fesch", sagte die Verkäuferin und musste niesen. Fein, dachte ich, das war's schon. Ich hatte mir den Lederhosenkauf schwieriger vorgestellt.

Da öffnete sich der Vorhang der Kabine neben mir. Eine junge Frau trat heraus. Sie trug knappe, schokobraune Lederhosen, ein schwarzes T-Shirt und eine schwarze Schirmmütze. Über dem Schirm stand in weißen Großbuchstaben das Wort ‚Love'. Ihre Beine waren sonnengebräunt. Sie war barfuß. Sie sprach englisch und fragte den Verkäufer, was das für ein Leder sei. „Buckskin", antwortete er. Hirschleder. Er selbst trug eine kurze Hose, schwarz, mit blauen Applikationen, dazu Chucks. Seine Beine waren gut durchtrainiert. „Buckskin", wiederholte sie und lächelte. Dann erklärte sie dem Verkäufer, dass sie gern eine typisch bayerische Bluse hätte. Mir fiel auf, wie weich ihre Stimme war. Sie schien mich mit Worten zu streicheln. Ich bekam eine Gänsehaut.

Unsere Blicke kreuzten sich. Sie musterte mich von oben bis unten und schüttelte, kaum sichtbar, den Kopf. Dann begann sie ein Lied zu summen, eine Art Kinderlied. Ich kannte die Melodie, wusste aber nicht den Titel des Stücks. „Ach", schniefte meine Verkäuferin, „das kenne ich aus einem Musical."

Der Verkäufer brachte verschiedene karierte Blusen. Sie sagte: „Danke. Mir gefallen die Lederhosen, die Sie tragen." Bevor sie wieder in der Kabine verschwand, streifte mich ihr Blick. Sie lächelte. Ich mochte ihre weißen Zähne. „Entschuldigen Sie", sagte ich zu der Verkäuferin, „bitte bringen Sie mir die gleiche Hose, die Ihr Kollege trägt, auch das weiße Hemd."

Die Lederhose war kurz und sehr eng am Bund. Ich konnte kaum die Knöpfe schließen. Die Verkäuferin rümpfte die Nase.

„Das ist genau richtig", meinte der Verkäufer. „Sie wird sich Ihrer Figur anpassen."

Ich konnte kaum atmen. Fühlte mich ein wenig nackt. Nackt und eingezwängt.

Der Vorhang der Kabine neben mir öffnete sich,

und die Frau mit der Schirmmütze trat heraus. Sie trug eine enge Bluse, rot-weiß kariert, ohne Ärmel. Sie kaute ein Kaugummi und drehte sich vor dem Spiegel. Ich folgte jeder ihrer Bewegungen. Sie bewegte sich anmutig und lautlos, wie eine Katze. Der Verkäufer brachte ihr Ballerinas in verschiedenen Farben. Während sie diese anprobierte, sah sie mich im Spiegel an und lächelte.

An der Kasse sagte die Verkäuferin: „Sie haben Glück. Wir laden ausgewählte Kunden zu unserem Wiesn-Tisch ein, heute Abend, um 19 Uhr im Marstall Festzelt. Hier ist Ihr Gutschein für Essen und Trinken."

Nach Feierabend beschloss ich, aufs Oktoberfest zu gehen und meinen Gutschein einzulösen. Ich wollte zu dem Geschäftstermin am Wochenende nicht in nagelneuen Lederhosen erscheinen. Sie sollten schon etwas gebraucht aussehen. Nicht so, als hätte ich sie nur für diesen Anlass gekauft. Außerdem waren sie noch viel zu eng, um einen ganzen Abend in ihnen durchzuhalten, ohne ohnmächtig zu werden. Doch eine Stunde im Marstall Festzelt würde ich überstehen. Ich zog mich in der Bürotoilette um. Im Flur traf ich Maria.

„Oh", sagte sie, „kurze Hosen. Mit hellblau."

Ich nickte und fragte, ob es ihrer Tochter wieder bessergehen würde.

„Zum Glück ja!" Dann strich sie mit der Handfläche über ein Hosenbein und fragte: „Hirschleder, oder? Da hast du dich ja richtig in Unkosten gestürzt."

„Tja ..."

„Jedenfalls bist du mutig. So eine kurze Hose zu einem Business Meeting ..."

Wenn ich mich selbst wohler gefühlt hätte in der neuen Hose, hätte ich gekontert. So entgegnete ich nur „muss jetzt los" und ließ sie stehen.

Die Hose hatte 1.500 Euro gekostet. Sie war zu eng und zu kurz. Ich verstand nicht, warum ich sie genommen hatte. Der Verkäufer hatte erst meine, dann seine Beine angesehen und gesagt: „Fast schöner, wenn die Beine nicht ganz so muskulös sind." In seiner Stimme lag Spott, er liebte offensichtlich seine Bodybuilderbeine. Doch die Amerikanerin mit der Schirmmütze hatte bei meinem Anblick im Spiegel gelächelt.

Es war ein schöner, warmer Sommerabend. Ich bummelte über den historischen Teil des Oktoberfests mit den Karussells aus meiner Kindheit. Ich trug zum ersten Mal in meinem Leben Tracht und hatte das Gefühl, alle starrten auf meine Beine. Ich fuhr eine Runde in einem Nostalgie-Autoscooter, hellblau, mit Mercedes-Stern. Die Kinder kreischten, wenn sie mich rammten. Ich mochte das.

Eine Kellnerin zeigte mir im Marstall Festzelt den Tisch. Auf der Bank saß nur eine einzige Person. Vor ihr stand ein Maß Bier. „An Tagen wie diesen, wünscht man sich Unendlichkeit", grölte die Menge.

„Hi", schrie ich, „remember me?"

„Pardon", schrie sie zurück.

Ich zeigte auf meine Lederhose.

„Gute Wahl", sagte sie und lächelte. „Beautiful."

Ich setzte mich ihr gegenüber, wir stießen mit Maßkrügen an und unterhielten uns, soweit es möglich war. Wir schrien uns Stationen unseres Lebens zu: „Mats" ... „Zoe" ... „Hamburg" ... „Dallas" ... „Italy" ... „Africa" ... „Swimmer" ... „Cheerleader".

Eine Gruppe junger Frauen setzte sich neben uns auf die Bänke. Sie waren mehr als angeheitert, grölten die Lieder mit. Eine von ihnen starrte ständig zu uns herüber und schien mit den anderen über uns zu sprechen.

Ich fand es seltsam, dachte mir aber nichts dabei. Vielleicht fragten sie sich, was so ein unauffälliger Typ wie ich mit einer Frau wie Zoe zu schaffen hatte. Dabei war Zoes Schönheit unter ihrer Schirmmütze kaum zu erkennen. Nur ich konnte sie sehen – die fein schimmernde Haut, die weißen, ebenmäßigen Zähne, die Grübchen in den Mundwinkeln, wenn sie lachte. Ihre Augen waren grau wie die einer Wölfin. Auf dem rechten Oberarm entdeckte ich ein Tattoo, zwei überkreuzte Revolver.

Als ich sie fragen wollte, was die Revolver zu bedeuten hätten, sprangen die Frauen neben uns auf Tisch und Bänke und tanzten wild. Sie grölten: „We will, we will rock you!" Zoe sprang ebenfalls auf die Bank und sang mit. Ich blieb sitzen und konnte nicht aufhören, ihre Beine anzustarren. Als ich an ihnen hochsah, begegneten sich unsere Blicke. Ich fühlte mich ertappt und stieg, ebenfalls singend, auf die Bank. Zoe tanzte mit geschlossenen Augen, sie lächelte. Sie wirkte glücklich, soweit man das von einer Fremden sagen konnte.

Erst hielt ich es für ein Versehen, doch die Frau neben ihr rempelte Zoe an, sodass sie fast von der Bank fiel. Die Frau grinste, als Zoe sie überrascht ansah. Alle Frauen schienen zu grinsen. Zoe wollte von der Bank steigen, doch die Frau neben ihr griff ihren Arm und zeigte auf die überkreuzten Revolver. Ich rief, „Was soll das, seid ihr verrückt?", doch sie ignorierten mich. Dann ließ die Frau ihren Arm los. Zoe stemmte die Hände in die Hüften und sagte etwas, das ich nicht verstehen konnte, weil die Musik so laut tobte. Dann drehte sie sich zu mir, lächelte und zeigte mit ausgestrecktem Arm zum Ausgang. Plötzlich segelte ihre Schirmmütze zu Boden, lange, blonde Haare fielen auf ihre Schultern. „Sie ist es!", schrie die Frau, die Zoe die Schirmmütze vom Kopf geschlagen hatte. Alle Frauen skandierten: „Murder! Murder! Murder!" Die Band und Tausende Menschen im Zelt grölten: „An Tagen wie diesen, haben wir noch ewig Zeit." Zoe blickte auf den Boden zu ihrer Love-Schirmmütze, als wenn sie überlegen würde, ob sie die Mütze aufheben sollte. Dann drehte sie sich blitzartig und stieß die Frau neben sich zurück. Zwei ihrer Freundinnen gingen mit ihr zu Boden. Während sie fielen, ruderten ihre Arme hilflos in der Luft. Ich sprang auf die gegenüberliegende Bank, zog Zoe mit mir. Nichts wie raus hier, dachte ich. Ein Maßkrug verfehlte mich knapp und zerschellte am Boden. Die wild gewordenen Frauen schrien: „Lasst sie nicht entkommen! Lasst sie nicht entkommen!" Sie stürzten sich vom Tisch auf uns, zerrten uns zu Boden. Nägel gruben sich in meinen Hals, ich roch Bieratem und blickte in ein verzerrtes Gesicht. Die Musik spielte immer weiter. Niemand schien sich zu kümmern. Zoe lag neben mir. Sie zogen an ihren Haaren.

Plötzlich tauchten schwarze Hosenbeine und Stiefel neben mir auf. Die spitzen Fingernägel lösten sich aus meinem Hals, der Druck auf mir ließ nach. Jetzt schrien die Frauen über uns wie am Spieß. Ich drehte mich um und sah zwei Ordner, die die wild gewordenen Frauen anbrüllten. „Run!", rief Zoe. Wir kämpften uns durch die Massen aus dem Zelt, starrten in aufgerissene Augen, wurden angepöbelt, mit Bier bespritzt. Doch wir rannten einfach weiter. Raus aus dem Zelt, weg, nur weg. Wir liefen Stufen hoch, bis wir uns vor der Bavaria befanden, der Statue von Bayerns Schutzheiliger.

„Was war das?", fragte ich sie. „Bekannte von dir?"

Wir saßen auf dem Sockel der Bavaria, unter dem Löwen an der Seite der monumentalen Frauenfigur.

Sie schüttelte den Kopf und zog ein Taschentuch aus ihren Lederhosen. Sie wischte mir das Blut von

Hals und Wange. „Fingernägel", sagte sie. Dann strich sie sich ihre langen, blonden Haare glatt.

Dunkelheit legte sich über die Theresienwiese. Das Riesenrad und all die anderen Fahrgeschäfte leuchteten fröhlich. Das monotone Rattern der Achterbahn war zu hören und das Kreischen der Menschen bei der ersten Schussfahrt. Es roch bis hier oben nach Bier, gebrannten Mandeln und Schmalzgebäck.

Ich berührte ihren Arm und sah mir die gekreuzten Waffen an.

„Was ist das?"

„Ist das wichtig?"

„Nicht für mich. Aber für die Ladies im Zelt schien es wichtig gewesen zu sein."

Sie nickte.

„Warum haben sie dich Mörderin genannt?"

„Ich habe die falsche Leidenschaft."

„Und die wäre?"

„Ich bin Jägerin. Großwildjägerin."

„Du bist was?"

Sie schwieg.

Ich dachte, sie würde scherzen. Ich wollte lachen, aber etwas in ihrem Blick verriet mir, dass sie es ernst meinte.

„Du siehst nicht aus wie eine ..."

„Ich weiß."

„Woher kennen sie dich?"

„Internet, vielleicht. Ich bin, sagen wir, umstritten."

„Umstritten?"

16

„Ich stehe dazu, dass ich jage. Ich verstecke mich nicht. Ich poste Fotos."

„Fotos?"

„Schau doch selbst, wenn es dich so brennend interessiert. Ich heiße Zoe Ward. Ich habe heute keine Lust, darüber zu reden."

„Schon gut. Willst du vielleicht zur Polizei gehen und die Frauen anzeigen? Ich könnte mitkommen und dir helfen. Es kann doch nicht sein, dass sie dich aus heiterem Himmel angreifen ..."

Sie winkte ab. „Es ist ja nichts passiert. Lass uns das Fest von oben ansehen, wenn du magst, wenn du Zeit hast ... Hier ist es friedlich."

„Ist okay. Ich habe Zeit. Ich wollte eigentlich nur meine neue Lederhose eintragen."

Sie lächelte. „Ja, ich auch. Und wie ist deine?"

„Sag du es?"

„Sie steht dir sehr gut, besser als diese komische Hose, die über das Knie ging. Das ist etwas für alte Männer."

„Danke. Sie ist nur noch etwas eng."

„Meine auch. Schau mal!" Sie versuchte, das Leder von ihrem Körper wegzuziehen. Es war unmöglich. „Es ist unsere zweite Haut. Die Haut eines Hirsches. Ich mag Hirsche sehr gern."

„Du meinst ...?"

„Ich meine, ich mag Hirsche."

Wir saßen einige Minuten schweigend auf dem Sockel der Bavaria und betrachteten das Volksfest. Sie nahm meine Hand und flüsterte: „Danke, Mats. Danke, dass du mich gerettet hast."

Ich hatte die Idee, sie zu küssen, doch sie erhob sich und zog mich die Treppen hinunter.

„Ich habe Lust auf Zuckerwatte", rief sie. „I love cotton candy."

Wir kauften pinkfarbene und hellblaue Zuckerwatte an Stäben und setzten uns auf die Wiese am Rand des Volksfestes. Die Watte zerfiel in unseren Mündern wie die Erinnerung an die wilden Frauen im Marstall Festzelt. Ich fragte mich, wie ich reagieren würde, wenn sie gleich hier vorbeikämen. Und wie Zoe wohl reagieren würde. Doch sie schien den Zwischenfall schon vergessen zu haben.

Ich hätte sie zum zweiten Mal an diesem Abend gern geküsst, aber stattdessen sagte ich: „Du bist also wirklich eine Jägerin. Das heißt, du erschießt wehrlose Tiere."

„Du lässt nicht locker."

„Ich ... nein ... äh, ja. Ich kenne niemanden wie dich. Ich dachte, Jäger wären ..."

„... das denken viele. Sie denken, Jäger wären Idioten, Mörder. Sie haben kein gutes Bild von uns."

„Ist es ein Wunder? Warum tust du das?"

„Ich tue es, weil ich es eben tue."

„Das ist doch keine Begründung, Zoe."

„Ich liebe Tiere."

„Du ermordest, was du liebst?"

Sie schwieg eine Weile. Dann sagte sie: „Tut das nicht jeder, irgendwie? Es ist wie ein Rausch. Ich ...“

Sie verstummte und blickte mich hilflos an. Ich hatte das Gefühl, sie wartete darauf, dass ich es ihr erklären würde. Ich fragte: „Wirst du oft angegriffen für das, was du tust?“

„Bisher nur mit Worten.“

„Es scheint mir ungewöhnlich, dass eine schöne Frau wie du ...“

„Was hat das mit Schönheit zu tun?“, unterbrach sie mich. „Es gibt so viele Jäger. Sie werden nicht gebasht. Nur weil ich lange Beine, blonde Haare und ein hübsches Gesicht habe, werde ich angegriffen?“

„Du empfindest es als ungerecht?“

„Und ob! An erster Stelle bin ich eine Naturschützerin. Doch die Leute wollen das einfach nicht verstehen. Es ist nur mein Aussehen, das provoziert. Es macht sie wütend. Sie beschimpfen mich wie eine Verbrecherin. Dabei ist das, was ich tue, erlaubt. Es ist legal. Ich zahle viel Geld dafür. Ich unterstütze die Communities in Afrika. Und ich helfe im Kampf gegen die Wilderer.“

Sie sah mich wieder an, als ob sie etwas erwartete. Mir klangen noch die Begriffe in den Ohren: Naturschützerin. Geld. Mein Aussehen macht sie wütend ...

„Na ja, eine ballernde Schönheit“, sagte ich schließlich, „ist etwas anderes als ein ballernder Zahnarzt, Politiker oder Manager.“

„Ich bin unter Jägern aufgewachsen. Mein Vater ist

Jäger, mein Onkel, meine Brüder sind Jäger. Für mich ist das normal."

„Für andere ist es nicht normal. Sie wollen, dass diese schönen Raubkatzen, die Giraffen und Elefanten und Zebras und was auch immer du erschießt, sie wollen, dass diese Tiere leben. Niemand soll sie erschießen, kein Jäger, kein Wilderer, niemand."

Sie konterte ruhig: „Was glaubst du, Mats, wo deine Lederhosen herkommen?"

Ein Betrunkener torkelte auf uns zu. Er knöpfte seine Lederhose auf und pinkelte genau neben mich auf die Wiese. „Gut zielen", sagte ich, halb im Spaß, halb genervt. Als er seine Hose zuknöpfte, starrte er uns an. Dann lallte er: „Zoe? ... Zoe!"

„Ich kenne ihn nicht", flüsterte sie. Wir erhoben uns und wollten gehen, da lallte er auf Englisch: „Kommt mal her, Leute. Ihr glaubt es nicht. Das ist die coolste Frau auf dem Planeten."

Ein paar Gestalten schälten sich aus dem Dunkeln. Alle in den 20ern.

„Zoe?", lallte ein anderer.

Jetzt standen sie um uns herum, ein Kreis betrunkener Südafrikaner, wie sich herausstellte.

„Ich bin Nick", sagte einer. „Und ich bin Jo", meinte der, der neben mir ins Gras gepinkelt hatte. „Zeig uns dein Tattoo!" Sie nahmen ihren rechten Arm ehrfürchtig in ihre Hände und betrachteten die zwei gekreuzten Revolver wie etwas Heiliges. Sie strichen mit ihren

Fingern über das Tattoo, Zoe ließ es geschehen.

„Smith & Wesson ... wie genial. Dein einziges Tattoo, richtig?"

Sie nickte.

Er drehte sich zu mir, schlagartig nüchtern: „Sie ist eine Legende. Eine Le-gen-de. Sie hat mit 14 die Big Five gejagt, Mann. Da haben wir uns noch wie Kinder auf dem Schulhof geprügelt. Löwe, Elefant, Büffel, Leopard und Nashorn. Plus Flusspferd und Krokodil! Ihr erster Kill war ein weißes Nashorn. In Südafrika, stimmt's, Zoe?"

„Exakt."

„Auf den Fotos mit dem toten Nashorn trägt sie noch eine Zahnspange. So jung und schon den Killerinstinkt. Entschuldigt mich kurz."

Er wankte zu einem überfüllten Mülleimer, kotzte hinein, wischte sich den Mund ab und kam zurück.

„In Kapstadt hätte ich mit dir gerechnet. In Johannesburg. Irgendwo im Busch. Und jetzt treffen wir dich hier, auf der größten Party der Welt. Ich kann's nicht fassen. Lass uns Party machen, Zoe! Lass uns gemeinsam in so ein verdammtes Zelt gehen, in so einen Party-Hangar. Lass uns ... Entschuldigung."

Dieses Mal kotzte er uns fast auf die Füße.

„Vielleicht solltest du dich einen Moment setzen", sagte Zoe. „Da, auf die Wiese."

Er gehorchte ihr aufs Wort.

Ein anderer sagte: „Ich habe dieses Foto zu Hause in der Garage hängen, wo du einen Leoparden im Arm hältst, Zoe. Du trägst einen Tarnanzug mit kurzen Hosen und lachst. Du bist so verdammt sexy auf diesem Bild. Lara Croft ist ein Scheiß gegen dich. Denn du bist echt. Du bist ein Killer. Ein gottverdammtes Killer Girl."

„Danke. Danke, Jungs, aber wir müssen jetzt gehen."

„Wie bist du nur an sie rangekommen, Alter?", fragte einer der Typen. „Respekt! Meinen tiefen Respekt."

„Zufall", antwortete ich. „Purer Zufall." Doch er hörte schon gar nicht mehr zu.

„Zoe! Zoe! Zoe!", skandierten jetzt alle zusammen.

Ich machte noch eine Fotoserie von den Südafrikanern mit Zoe, dann trennten sich unsere Wege.

Wir bummelten schweigend über das Oktoberfest. Ihre langen blonden Haare zogen die Betrunkenen an. Sie lächelte freundlich und erklärte: „Tut mir leid, schon vergeben." Die Typen sahen mich an und streckten mir den nach oben zeigenden Daumen entgegen. Es war noch immer sehr warm. Wir tranken Bier, aßen gebrannte Mandeln und fuhren mit dem Kettenkarussell. In fünfzig Metern Höhe drehten wir unsere Kreise. Der Fahrtwind war kühl. Während ich Anfälle von Höhenangst weglachte, murmelte sie: „Sie kennen mich nicht. Sie kennen mich nicht. Niemand kennt mich." Ich nahm ihre Hand und drückte sie ganz fest.

Als wir an einer Schießbude vorbeikamen, sagte ich: „Magst du mir einen Bären schießen?" Sie nickte.

Sie brauchte zwei Schüsse, um ein Gefühl für das Gewehr zu bekommen. Danach war jeder Schuss ein Treffer. Den ersten Bären gab ich einer Familie mit einem kleinen Sohn. Den zweiten und dritten einer Familie mit Töchtern. Danach hörte ich auf zu zählen. Menschen stoppten und sahen ihr beim Schießen zu. Sie bekam es gar nicht mit, so konzentriert war sie. Der Besitzer der Schießbude starrte uns erschrocken an, doch Zoe kannte kein Erbarmen. Ich legte die Euros auf den Tresen und Bär für Bär ging weg und machte Familien glücklich. Irgendwann strahlte sogar der Besitzer.

„Niemals zuvor ...", stammelte er. „Nicht in zwanzig Jahren ..." Er fragte mich, warum sie so perfekt schießen könne.

„Großwildjägerin", antwortete ich. „Hat schon mit 14 Jahren in Afrika die Big Five erlegt. Da trug sie noch eine Zahnspange."

„Jaja", antwortete er, grinste. „Nette Geschichte."

Als die Lichter über dem Oktoberfest erloschen, sagte ich: „Zoe, es ist vorbei." Sie legte das Gewehr auf den Tresen und sah mich mit festem Blick an. Ich wischte ihre Tränen fort und küsste sie vorsichtig auf den Mund.

„Es gibt keine Bären mehr", flüsterte sie.

Das Riesenrad stand still. Wir gingen schweigend Richtung Ausgang. Ich hatte meinen Arm um ihre Schulter gelegt. Als sie im Taxi saß, sagte sie: „Wie wirst du mich in Erinnerung behalten, Mats?"

„Ein Mädchen in Lederhosen."

Klabauterkatzen

»Welch ein unergründliches Mysterium liegt doch in jedem Tier.«

– Arthur Schopenhauer

Wir kamen viel zu früh in den Hafen. Die Sonne ging gerade unter, noch fast vier Stunden bis zur Abfahrt der Fähre. Zu kurz für einen Abstecher in die Stadt, zu lang für die hölzernen Wartebänke in dem gläsernen, überklimatisierten, fast menschenleeren Fährterminal. In der hintersten Ecke des Gebäudes befand sich eine Bar. Über dem Tresen plärrte ein Fernseher und unterhielt rustikale Gäste, deren muskulöse Unterarme allerlei nautische Motive zierten. Man trank Jägermeister und knurrte sich hin und wieder etwas von der Seite zu. Wir gingen auf die Terrasse und fanden einen weißen Plastiktisch. Als der Kellner mit der klebrigen Karte erschien, saßen wir bereits im Dunkeln – alle sechs Deckenlampen waren kaputt. „Normalerweise hell", brabbelte der Kellner entschuldigend. „Si", sagten wir. Dann kürzte er den Inhalt der Karte auf wenige Tapas. „Engpässe in der Küche." Etwa fünfzig Meter entfernt lag die Fähre, die uns in dieser Nacht nach Ibiza bringen sollte. Durch das geöffnete Heck rumpelten Lkws. Ein hoher Maschendrahtzaun trennte Fährbetrieb und Restaurant.

Es war ein warmer Oktoberabend in Valencia, wenig windig, ein Sonntag. Die Fähre sollte um 22.45 Uhr ablegen, wir hatten eine einfache Fahrt für zwei Personen mit Auto gebucht, weil wir noch nicht wussten, wie es von hier aus weitergehen sollte. Zurück nach Valencia? Barcelona? Mallorca vielleicht? Wir hatten keine Lust, darüber nachzudenken, ließen uns einfach treiben, freuten uns auf die Insel, genossen den Weißwein und die Tapas.

Der schwarzen Katze auf der anderen Seite des Zauns schenkten wir kaum Beachtung. Sie schaute sich nach allen Seiten um, schlich an uns vorbei und verschwand wieder. Eine Sache von Sekunden. Wenig später kam eine weitere Katze. Und noch eine. Als wir das Restaurant verließen, waren bestimmt zehn Katzen an uns vorbeigeschlichen. Schwarze, weiße, graue, gescheckte.

Wir holten unsere Fahrkarten, und als wir vor das Terminal traten, schien der Vollmond für kurze Zeit. Danach verschwand er wieder hinter Wolken. Im Mondlicht sahen wir all die Katzen wieder, die vor unseren Augen am Zaun entlanggeschlichen waren. Sie saßen unter den Autos auf dem Parkplatz, jede

Katze hatte ein Auto für sich. Wir rauchten eine Zigarette und wunderten uns über das seltsame Bild, wie die Katzen dort lagen, entspannt, mit eingeklappten Pfoten, als wenn jede genau an ihrem Platz wäre. Ich wollte ein Foto mit dem Handy machen, aber durch den Blitz musste ich die Katze verscheucht haben. Auf dem Bild war nur unser weißes Auto zu sehen, keine Katze.

Als wir einstiegen, stand das Tier, das unter unserem Auto gelegen hatte, plötzlich neben mir, sah mich aus grünen Augen an, miaute knapp und sachlich, sprang auf den Rücksitz und machte es sich auf meiner Fleecejacke bequem. Wir lachten und baten das pechschwarze Wesen mit freundlichen Worten wieder hinaus. Vergeblich. Die Katze hatte sich entschieden zu bleiben, schnurrte zufrieden und krallte sich in die Ledersitze, als wir sie rausheben wollten.

Helena taufte sie auf den Namen ,Polizón', das spanische Wort für Blinder Passagier, und startete das Auto. Im hellen Licht der Scheinwerfer bekamen die Katzen unter den anderen Autos silbern strahlende Augen. „Wie Zauberwesen", sagte Helena. Wir fuhren durch den Zoll in die Reihen der wartenden Autos, fütterten Polizón mit Joghurt. Das Tier ließ sich sogar streicheln, allerdings nur für wenige Sekunden, dann biss es zu.

Um 22 Uhr wurden die Pkws auf die Fähre dirigiert,

eine längere Schlange, wir mittendrin. Als wir ausstiegen, sprang Polizón aus dem Auto und verschwand. „Vielleicht will sie Verwandte auf der Fähre besuchen", scherzte Helena.

Wir fanden eine geschlossene Strandbar an Deck – im Sommer eine Partyzone, jetzt ein schöner Ort für eine ruhige Übernachtung unter freiem Himmel. In Schlafsäcken lagen wir auf Bänken mit roten, klebrigen Sitzkissen, die das goldene Estrella-Logo zierte: ein Stern. Der Schiffsmotor wummerte rhythmisch und weich, es roch nach Meer und Diesel, leise arabische Musik kam aus einem verborgenen Lautsprecher. Eine Scheibe des Glaskastens, der die Bar umgab, quietschte. Die Neonröhren an der löchrigen Decke blieben dunkel, nur ein Tisch ganz in der Nähe war beleuchtet.

Helena schlief sofort ein. Ich war nicht müde, lag im Schlafsack und blickte auf das Meer. Ständig knallte eine schwere Eisentür, Raucher kamen und gingen. Später in der Nacht hörte ich Schritte und Stimmen. Ich musste kurz eingenickt sein, denn am beleuchteten Tisch saßen jetzt drei Spanier, rauchten Zigarren und unterhielten sich gedämpft. Ich wollte gleich wieder einschlafen, doch die Stimme von einem der Männer hielt mich wach. Sie war heiser und gepresst, klang wie jemand, der versuchte, mit seiner Flüsterstimme zu schreien. Er sprach langsam, ich verstand die meisten Worte. Er sprach von Katzen.

„Bei Vollmond liegen sie unter den Autos auf dem

Parkplatz. Es sieht aus, als wenn sie dort schlafen, doch sie schlafen nicht, sie sind hellwach. Sie warten geduldig auf die Fahrer und sehen sich die Menschen genau an. Wenn diese nett sind, naiv, einfältig, gutgläubig, dann schlägt ihre Stunde. Sie bezirzen die Fahrer oder ihre Frauen und Kinder, ihnen eine Tür zu öffnen. Die meisten jagen die Katzen davon. Wer lässt denn schon eine fremde Straßenkatze zu sich ins Auto?"

„Aber wenn sie dann ...", flüsterte ein anderer Mann.

„Schhhhh", machte eine dritte Stimme. „Sprich's nicht aus." Dann sagte der erste Mann etwas, das ich nicht verstand.

„Ayayay", zeterten die anderen.

„Nun zittert doch nicht so. Ist doch keine Katze an Bord. Wovor habt ihr Angst?"

„Du darfst es nicht aussprechen, du solltest es nicht einmal denken", sagte der Dritte.

„Memmen."

„Da, da, da", stammelte der Dritte und sprang auf.

Ich richtete mich etwas weiter auf in meinem Schlafsack und konnte sehen, wie er mit dem ausgestreckten Arm zum Heck zeigte. Die drei Männer starrten in die Dunkelheit.

„Idiot", zischte die Flüsterstimme.

„Aber ...", versuchte der andere zu protestieren. Er bekam einen Schlag mit der flachen Hand auf den Hinterkopf. „Lasst uns noch ein Bier trinken."

Die Männer gingen wieder unter Deck. Als die schwere Eisentür hinter ihnen zuknallte, war mein Mund wie ausgetrocknet. Ein fürchterliches Gefühl der Fremde stieg plötzlich in mir hoch. Was hatte er da nur gesagt? Dämonen? Fürsten der Finsternis? Dunkle Mächte? Die Männer mussten betrunken sein. Oder verrückt. Wahrscheinlich beides: betrunken und verrückt. Ja, wir hatten eine Katze mit an Bord genommen. Aber sie war weg. Vielleicht war es dumm gewesen, aber jetzt auch nicht mehr zu ändern. Mit Seemannsgarn würde sich Polizón nicht fangen lassen. Was sollte die Katze hier wohl tun, außer ein paar Schiffsmäuse zu jagen oder etwas in der Kombüse zu stibitzen? Ich drehte mich auf die Seite und schloss die Augen.

Es war ein unruhiger Schlaf. Ich träumte, wie ich ganz allein auf dem Parkplatz vor dem Fährterminal stand. Tiefe Nacht. Als ich den Kofferraum öffnete, um meine Kuriertasche zu holen, sprang eine Katze hinein. Dann noch eine und noch eine. Ich wollte die Klappe zuwerfen, aber es kamen immer mehr Katzen, bis schließlich der ganze Kofferraum voll von ihnen war. Dann riss der Strom der Katzen ab. Ich schlug schnell die Klappe zu und hunderte Augen beobachteten mich durch die Heckscheibe. Ich ging wieder in das Terminal und kam mit dem Beamten zurück, um ihm die Katzen zu zeigen und um Hilfe zu bitten. Doch als ich den Kofferraum öffnete, waren alle Katzen fort. Der Mann lachte, schlug mit der flachen Hand auf den Kofferraumboden und sagte: „Fahren sie sofort an Bord, es ist die letzte Fähre in diesem Leben." Ich setzte mich wieder ans Steuer und fuhr auf die Fähre.

Ich war ganz allein auf dem Deck. Kein Passagier, kein Personal, nur Dutzende Autos. Totenstille. Mir fiel auf, dass es nach einem Gericht aus meiner Heimat duftete, nach Kaiserschmarrn. Hoffentlich ohne Rosinen, dachte ich, Helena mag doch keine Rosinen. Helena! Wo war sie? Ich rannte die Treppe zu den Passagierdecks hoch, es war dunkel, nur von oben durch das Fenster in der Tür fiel fahles Licht. Da fiel mir ein, dass Helena doch auf dem Rücksitz lag und schlief. So rannte ich wieder zurück. Ich tastete mich zwischen den Fahrzeugen durch, bis ich unseren Wagen gefunden hatte. Als ich die Öffnen-Taste am Schlüssel drückte, erwischte ich aus Versehen die Taste für den Kofferraum. Langsam erhob sich die Heckklappe. Ich wollte sie gleich wieder schließen, doch da glommen Hunderte Katzenaugen im Kofferraum und starrten mich an. Ich drückte die Schließen-Taste, doch die Katzen waren schneller. Wie ein einziges Tier flossen sie lautlos aus dem Auto. Ich riss eine der hinteren Türen auf, schrie: „Helena!" Auf der Rückbank saßen die drei Spanier und schüttelten die Köpfe. „Ja, lassen Sie nur alle Klabauterkatzen raus", sagte der Typ mit der gepressten Stimme. Er sprach hochdeutsch. „Schhhh", machten die anderen. Er machte eine wegwerfende Handbewegung und blickte mich aus leeren Augen an: „Wir haben Durst auf Sterne. Würden Sie uns bitte noch drei Estrella bringen." Ich knallte die Tür zu, hastete über das Autodeck und rannte die Treppe hoch, da hörte ich schon die Schreie. Durch die Fenster sah ich, wie Menschen von Bord stürzten, ihre Gesichter vom Grauen verzerrt. Ich wollte rennen, helfen, wiedergutmachen, aber die Treppe war unendlich lang, ich rannte und rannte und die Schreie hörten nicht auf und immer wieder fielen Menschen am Fenster vorbei mit diesen schrecklich verzerrten Gesichtern. Es roch immer noch nach Kaiserschmarrn und ich schrie immer wieder ihren Namen.

„Geht es dir gut? Du hast im Schlaf nach mir gerufen." Helena strich mir zärtlich mit der Hand über das Gesicht. Ich war vollkommen durchgeschwitzt, wie ein Fieberpatient. Ich stammelte immer wieder ihren Namen: „Helena ... Helena ... geht es dir gut?" Sie lachte und flüsterte: „Du hast wohl schlecht geträumt. He, schau mal, das musst du dir ansehen." Sie zeigte Richtung Deck.

Ich sah Spatzen, sie flogen im Mondlicht über das Deck und umkreisten fröhlich zwitschernd den Schornstein. Ich sah auch unsere Katze. Sie tanzte im Mondlicht mit einigen Spatzen. Erst dachte ich, sie wollte die Spatzen fangen. Aber es war wirklich ein Tanz, ein ausgelassener Tanz. Ich rieb mir die Augen.

Träumte ich noch? Helena rief: „Polizón! Komm zu uns." Langsam flanierte das Tier auf uns zu. Mein Mund wurde wieder trocken, ich drückte meinen Rücken an die Glaswand.

„Vorsicht", schrie ich. „Pass auf."

Helena lachte. „Was ist denn mit dir los?" Sie streichelte die Katze, die schnurrte und auf den Tisch sprang. Ich sah sie lange an, wie sie sich im Mondlicht das Fell putzte.

Das war eine Straßenkatze, eine ganz normale Straßenkatze.

„Hast du die drei Spanier gesehen?"

„Nein, ich habe bis eben geschlafen. Hier ist niemand außer uns."

Helena gab Polizón einen Kuss auf den Kopf.

„Mmmh", sagte sie, „du schmeckst ja gut."

Ich fiel wieder in einen tiefen Schlaf. Als ich aufwachte, fand ich Polizón in meinem Schlafsack, den ich vergessen hatte zu schließen. Die schwarze Katze schlief zwischen meinen Beinen. Ich musste schmunzeln. Was war ich für ein Kind in dieser Nacht! Bestimmt hatte ich alles geträumt, auch das Gespräch der Spanier, den Mann mit der seltsamen Stimme. Ich streichelte die Katze und weckte Helena. Sie wollte ein Foto von uns beiden machen, doch wie ein Blitz war das Tier verschwunden.

Es knackste und knisterte in den Lautsprechern, dann

kam die Durchsage, dass wir bald den Hafen von Eivissa erreichen würden. Zeit, unsere Sachen zusammenzupacken.

Im grauen Gang standen wir schweigend mit den anderen Passagieren, warteten, dass die Frau mit dem Walkie-Talkie endlich die Tür zum Autodeck öffnen würde. Niemand sprach, alle waren müde und lehnten an den Wänden wie urlaubsreife Gespenster mit karierten Rollkoffern. Noch zwei Stunden bis Sonnenaufgang.

Als ich die Autotür öffnete, sprang Polizón wieder hinein und machte es sich auf meiner Fleecejacke bequem, genau wie im Hafen von Valencia. Wir nahmen es müde schweigend zur Kenntnis. Ein Mann mit Warnweste gab Befehle, doch es ging nicht voran. Ein Geländewagen mit Trailer blockierte den Weg. Wo der Fahrer denn sei, fragte der Mann mit der Warnweste die Fahrer der Autos, die drum herum standen. Sie wussten es nicht. Nur einer sagte: „Ich kann mich gut an ihn erinnern, etwas älter ... und diese besondere Flüsterstimme."

Er kam nicht mehr. Wir waren die letzten, die von Bord fuhren, nur der Geländewagen mit dem Schlauchboottrailer blieb stehen. „Seltsam", sagte Helena. Ich schwieg. Mein Mund war wieder ausgetrocknet, ich drehte mich zu der Katze um, die auf dem Rücksitz lag. Sie hatte sich eingerollt und schlief. Ich stoppte das Auto unter einer Straßenlaterne, stieg aus, öffnete die hintere Tür und flüsterte dem Tier zu: „Polizón. Deine Reise ist hier zu Ende."

Ach, Lonzo!

»Der Wunsch, ein Tier zu halten, entspringt einem uralten Grundmotiv – nämlich der Sehnsucht des Kulturmenschen nach dem verlorenen Paradies.«

– Konrad Lorenz

David war Anwalt, und er lebte ein schnelles Leben. Sein Erfolgsgeheimnis bestand darin, nicht nur der Gegenwart, sondern auch der Zukunft immer ein paar Schritte voraus zu sein. Er lebte – zumindest beruflich – in einer Art Superzukunft. Als am Morgen ein Klient angerufen hatte, um sich für den gewonnenen Prozess zu bedanken, war es ihm fast peinlich gewesen. Was erwartete der Klient denn anderes? Dafür war man ja schließlich da. Und war das im Übrigen nicht schon eine Ewigkeit her? Ihm kam es so vor. Am Nachmittag, als er die Praxis verließ und noch einmal darüber nachdachte, fiel ihm auf, dass der Prozess erst gestern gewesen war.

Den Freitagsstau auf der A 96 nutzte er dafür, seine frischen Ideen in sein iPhone zu diktieren. So konnte Frau Huber, seine Assistentin, sie gleich am Montagmorgen abtippen. Nachdem er das erledigt hatte, stellte er sich vor, wie er sich eine Badehose anziehen und ein erfrischendes Bad im See nehmen würde. Danach würde er sich auf seinen Steg setzen, die Beine baumeln lassen, eine Zigarette rauchen, ein Glas Rotwein trinken und die Abendsonne genießen. Vielleicht nicht genießen, aber sie zumindest wahrnehmen und ein Foto für seine Facebook-Freunde zu machen. „Hast du es aber schön", würden sie schreiben. Oder: „Da leben, wo andere Urlaub machen." Solche Kommentare las er gern. Auch Michaela würde das Bild sehen und in ihrer Neuhausener Dreizimmerwohnung ohne Balkon vielleicht einen kleinen Stich spüren. Zweifeln, ob das wirklich ein guter Tausch gewesen war? Sie könnte jetzt ebenso gut bei ihm sitzen, sich mit ihm den See und die Flasche Rotwein teilen. Die Facebook-Freunde würden schreiben: „Habt ihr es aber schön, ihr beiden Hübschen." Sie hatte es nicht anders gewollt.

Als er den schwarzen Porsche Cayenne in die Garage fuhr, war es 17.30 Uhr. Lange nicht mehr so früh an einem Freitag zu Hause gewesen, dachte David. War das okay? Konnte er sich das erlauben? Ja, das konnte er. Die anderen Partner waren schließlich schon um 13 Uhr auf den Golfplatz gegangen oder hatten an diesem schönen Sommertag spontan externe Kundentermine in ihre Kalender eingetragen.

Er nahm die Einkäufe aus dem Kofferraum und brachte sie ins Haus. Es roch so gut. Frau Schiburskis berühmter Limettenduft. Da konnte das Nikotin einpacken. Wenn sie doch nur so sorgfältig putzen würde, wie sie Duft versprüht, dachte er beim Anblick einiger Wollflusen, die über den Flurboden tanzten. Seit Jahren ärgerte er sich über ihre Performance. „Nächste Woche werde ich es ihr sagen, kann ja so nicht weitergehen", sagte er zu sich selbst. Dann dachte er: Vielleicht ist es meine Schuld, weil er ihr immer alles so perfekt vorbereitete. Heute Morgen hatte sie gesäuselt: „Dr. Fischer, ich weiß gar nicht, warum ich bei Ihnen überhaupt noch komme. Hier ist es doch schon sauber." Diesen Satz sagte sie jedes Mal, wenn sie durch die Tür kam. Immer die gleichen Worte. Und seine Antwort war auch immer die gleiche: „Das ist doch nur oberflächlich, liebe Frau Schiburski. Das Haus freut sich auf Ihre Tiefenreinigung." Jedes Mal lachte sie, als wenn sie diese Worte zum ersten Mal hören würde. „Ach, Doktor Fischer!" Und jedes Mal putzte sie so, als hätte sie die Worte tatsächlich gleich wieder vergessen. Eine kompetente und konzentrierte Putzfrau in dieser Gegend zu bekommen, die auch mal auf den Hund aufpasste und der Katze etwas zu fressen gab – die Hölle. Sie zu halten war ebenso schwierig. Er hatte genau beobachtet, wie seine Nachbarin sich an Frau Schiburski rangemacht hatte. Ihn hatte sie auch schon gefragt, wie viel er ihr denn zahle. Wie plump. Zum Glück hatte keiner seiner Nachbarn einen Doktortitel, der bedeutete Frau Schiburski viel.

Nachdem er die Einkäufe eingeräumt hatte, zog er sich um und machte sich einen Nespresso. Seit zwei Jahren überlegte er, sich eine ordentliche Espressomaschine zu kaufen, eine mit viel Chrom, hohem Druck und protestsicherem Aroma. Eine Bezzera wohl, nur welche? Er konnte sich einfach nicht entscheiden. Nespresso wurde zu einer dieser Zwischenlösungen, die sich hielt. Wie die hässliche Badezimmermatte. Wie der viel zu kleine Sonnenschirm. Wie Nadine. Würde sie heute eigentlich kommen? Sie waren locker für den Abend verabredet, meinte er sich zu erinnern. Oder doch erst für Samstag? Er musste sie später anrufen. Jetzt noch nicht, sonst würde sie den Eindruck gewinnen, sie komme in seiner Freizeit an erster Stelle, kaum zu Hause, schon würden seine Gedanken nur noch um sie kreisen. Selbst wenn es so wäre, sollte sie das niemals wissen, denn sie war der Typ Frau, der so etwas irgendwann einmal gegen ihn verwenden würde. Nein, Nadine erst später.

Er trank den Espresso im Stehen, wie ein Italiener. Dabei fiel sein Blick auf den cremefarbenen Limestone-Küchenboden. Den mochte er leiden, so hell und

freundlich, so italienisch, wenn auch etwas empfind-
lich. Michaela hatte ihn stilsicher ausgewählt. Nur der
rote Napf störte auf dem Boden. Nicht schön, aber
Lonzo liebte ihn. Ach, Lonzo, wo war eigentlich Lonzo?
Er hatte ganz vergessen, sein Herrchen von der Tür
abzuholen, gar nicht seine Art. „Lonzo", rief er, „komm
mal her." Doch nichts passierte, außer dass Senta
erwachte, die auf dem Sofa geschlafen hatte. Als er
noch einmal nach Lonzo rief, kam sie in die Küche,
streckte sich und machte einen Buckel. Immer wieder
war er darüber erstaunt, wie riesig sie war. Ihren
Namen schien sie nicht zu mögen, sie kam immer nur,
wenn er nach Lonzo rief. Auch wenn er mit der
Leckerlidose klackerte wie mit einer Rumbarassel,
stand sie in Sekundenschnelle vor ihm. Wenn er
Lonzo rief, versprach sie sich wohl auch etwas zu
fressen, ließ es aber immer so aussehen, als komme
sie gerade zufällig in der Küche vorbei. Jetzt stand sie
vor ihm und miaute. David hatte sich angewöhnt, mit
der Katze in vollen Sätzen zu sprechen, so wie mit
einem Menschen: „Hallo Senta, du kannst mir auch
nicht sagen, wo Lonzo ist, oder?" Senta strich
schweigend um seine Beine.

David stellte die leere Tasse auf den Tresen und
ging durch das Erdgeschoss, Senta folgte ihm im Ab-
stand von einem Meter. Doch Lonzo war nirgendwo.
Sie liefen gemeinsam Ober- und Untergeschoss ab.
Kein Lonzo. David öffnete die Terrassentür und rief:
„Lonzoooo!" Er zündete sich eine Zigarette an und

setzte sich auf die Holzbank. Er fühlte Unruhe in sich aufsteigen wie kleine Luftblasen vom Grund des Sees, der still am Ende des Gartens lag. Lonzo war verschwunden.

Er wählte die Nummer von Michaela.

„Halloooo. Ich wollte fragen, ..."

„David, gut dass du anrufst", unterbrach sie ihn. „Hoffentlich stehst du noch nicht vor der Tür. Kannst du Lonzo vielleicht etwas später bringen, ich muss noch schnell ein paar Dinge erledigen. Lasst euch Zeit, ich bin so in einer Stunde wieder da."

„Ja. Jaja", stammelte er.

„Da bin ich aber froh. Was ist denn los, du bist doch sonst nicht so spontan? Du wolltest etwas fragen?"

„Nicht so wichtig. Ich ... also, reden wir drüber, wenn ich bei dir bin."

„Wie du willst. Wie ist denn seine Frisur geworden? Ist er genervt?"

„Nee, nur ein bisschen."

„Ach, Lonzo! Er hat es schon schwer mit uns. Bis später."

Er wischte sich den Schweiß von der Stirn, ging zum Kühlschrank und schenkte sich ein Glas Weißwein ein. Er rekapitulierte: Heute Morgen hatten Lonzo und er Frau Schiburski begrüßt und waren dann gemeinsam gegangen. Lonzo und er? Lonzo und er! Er erschrak ein bisschen, trank einen kräftigen Schluck Wein. Ihm fiel ein, wie Lonzo lieber mit dem

Nachbarshund spielen wollte, anstatt in den Kofferraum zu springen. Sie waren gemeinsam nach München gefahren, in die Kanzlei. Und dann? Er ging den
Weg von der Tiefgarage in die Kanzlei noch einmal in
Gedanken. Lonzo war an seiner Seite gewesen. Sie
hatten seine Assistentin, Frau Huber, besucht. Sie
hatte Lonzo Leckerlis gegeben und war mit ihm zum
Hundefriseur gegangen. Sein Sommerschnitt! Dann
verlor sich die Spur in einer Kette von Telefonkon-
ferenzen. Hatte Frau Huber vergessen, ihm Lonzo
zurückzubringen? Er trank noch einen kräftigen
Schluck von dem eiskalten Weißwein.

Was war denn heute nur mit seinem Gedächtnis
los? Es gab Fälle von Alzheimer in seiner Familie. Sein
Vater ... Aber er war doch noch viel zu jung dafür. 54,
kein Alter für Alzheimer! Außerdem hatten ihm seine
Eltern und Ex-Frauen versichert, dass er schon seit
seiner Kindheit unter Gedächtnislücken litt. Niemals
in der Kanzlei, da stimmte immer alles. Im Privaten
dagegen arbeitete sein Gedächtnis nicht übergenau.
Da kam es öfter zu Ausfällen.

Jetzt fiel es ihm wieder ein! Frau Huber hatte ihm
Lonzo mit Kurzhaarschnitt zurückgegeben, das war
kurz bevor er das Büro verlassen hatte. „Er war ganz
brav", hatte sie gesagt und Lonzo über den Rücken
gestreichelt. Der hatte sich nur geschüttelt. Friseur-
tage waren nicht seine Lieblingstage. Wie zufällig
waren sie dann noch an Sabines Büro vorbeigegangen.
„Ach, ist der süß. Wer bist du denn?" Sabine war die

neue Praktikantin. Sie hatte sich sofort auf Lonzo gestürzt und ihn gekrault.

„Ist das ein Königspudel?"

„Nein, ein Labradoodle. Er kommt aus Australien. Lonzo."

Lonzo und Sabine waren auf dem Boden herumgerollt. Vielleicht ist sie ein guter Hundesitter, hatte er gedacht. Lonzo mochte sie offensichtlich. Er musste sie gleich nächste Woche fragen, ob sie auch zu ihm nach Hause käme.

„Bin gleich zurück", hatte er gemurmelt.

Am späten Nachmittag hatte Sabine vor seinem Büro gestanden und gesagt: „Das hat Spaß gemacht. Lonzo ist ein Prachtkerl. Muss jetzt los. Ich wünsche Ihnen ein wundervolles Sommerwochenende."

Dann waren Lonzo und er entlang der Isar Gassi gegangen. Ihr Weg führte zum Bäcker, zum Weinladen und ins Sportgeschäft. Während er Joggingschuhe anprobierte und auf dem Laufband mit Videokontrolle Probe lief, hatte Lonzo in der Ecke gelegen und ihn beobachtet. Und dann? Er hatte sich für die Nikes entschieden, musste sie aber bestellen, weil sie in seiner Größe nicht vorrätig waren. Danach war er gegangen. Die Tiefgarage der Kanzlei lag nicht weit vom Sportgeschäft entfernt. Er hatte die Einkäufe einsortiert – und war nach Hause gefahren. Und Lonzo?

Er kippte den restlichen Wein hinunter, wischte sich die Schweißperlen von der Stirn und lief zur

Haustür. Wo war denn bloß der Autoschlüssel? Er fand ihn in der Tasche der Anzughose. Und das iPhone? Er musste jetzt wirklich los. Lonzo lag im günstigsten Fall seit 90 Minuten im Sportladen, bei den Joggingschuhen. Wenn er überhaupt noch dort lag. Vielleicht hatte ihn längst jemand mitgenommen oder er war von sich aus auf die Idee gekommen, einen Spaziergang zu unternehmen oder er wollte ihn suchen oder ... Während seine Gedanken rasten, suchte er immer noch das iPhone. Wo war das denn nun schon wieder? Er hatte doch gerade mit Michaela telefoniert. Er rief sich von seinem Festnetztelefon an. Ein seltsamer Ton kam aus dem Kühlschrank. Bevor er das Haus verließ, blickte er noch wehmütig auf den Steg und den See und die tief stehende Sonne. „Du bist so ein Trottel", flüsterte er. „Wie kannst du nur den Hund vergessen?"

Er fuhr forsch. Das Tempolimit im Baustellenbereich legte er großzügig aus. Der schwarze Porsche SUV brauchte nur dicht genug auffahren, um notorische Linksschleicher zu erschrecken und zum Spurwechsel zu motivieren. Wenn Lonzo weg wäre, würde sie ihm das nie verzeihen. Er war ihr Kindersatz gewesen, die perfekte Mischung aus Labrador (sein Lieblingshund) und Königspudel (ihr Lieblingshund). Er war so ein liebes Tier. Freundlich zu allen Menschen. Immer gut gelaunt. Und er verlor kaum Haare, der ideale Allergikerhund. Nach der Trennung von Michaela war es schwierig. Die meiste Zeit hatte Lonzo bei ihr verbracht, aber ihr Neuer schien ihn nicht zu mögen. Wie hieß er doch gleich? Benno, oder? Benno und Lonzo, das klang ja nach drittklassigen Artisten, das passte nicht. So hatte er Lonzo jetzt immer öfter. Bis vor kurzem war das okay. Die meisten Tage hatte Lonzo bei seinen Nachbarn verbracht. Die besaßen noch zwei Schäferhunde, mit denen hatte er immer gespielt. Das gefiel ihm. Fast hatte David das Gefühl, das Lonzo am Abend nur widerwillig gehen wollte, wenn er ihn dort abholte. Manchmal hatte er richtig an der Leine ziehen müssen.

Doch die Nachbarn waren ins Allgäu gezogen, und Lonzo lag jetzt immer öfter unter dem Schreibtisch von Frau Huber, war allein zu Haus oder in Gesellschaft von Frau Schiburski, die für eine Stunde vorbeikam, ihm Fressen gab und mit ihm spazierenging. Zumindest behauptete sie das. Er beobachtete, dass Lonzos fröhliches Wesen Risse bekam. An manchen Tagen schien er es Senta gleich zu tun und nur zu schlafen. An anderen Tagen reagierte er ungewohnt aggressiv auf andere Rüden. Neuerdings verfolgte er auch Fahrradfahrer, wenn er mit ihm ohne Leine am Seeufer joggte.

Dazu kam, dass Nadine, seine Freundin, ihn nicht mochte. „Hat nichts mit Lonzo zu tun", sagte sie immer. „Ist ein cooler Hund. Aber eben ihr Hund. Warum nimmt sie ihn denn nicht ganz zu sich?" Er entgegnete dann: „Es war unser Hund, Nadine. Meiner und ihrer."

„David, das ist ein Frauenhund. Du willst mir erzählen, dass du ihn ausgesucht hast?" Am Anfang hatte er noch versucht, ihr die Situation zu erklären, bis er verstand, dass es da nichts zu erklären gab. Sie wollte Lonzo einfach nicht. Lonzo war für sie so etwas wie Michaela in Tiergestalt. Trotzdem war Nadine immer lieb zu ihm, nicht abweisend oder gar bösartig. So wie ihre Vorgängerin, die schöne Hedda. Die hatte nicht nur Lonzo vollkommen ignoriert, sondern ihm nach einem gemeinsamen Wochenende auf Sylt aus heiterem Himmel eine Rechnung für Escort Services geschrieben. Frauen gab's.

Sollte er Lonzo wirklich einfach seiner Ex geben? Den armen Lonzo vor die Tür setzen und sagen: „Bitte. Du wolltest ihn damals viel mehr als ich (was stimmte). Jetzt sieh zu." Ihr dämlicher Freund, ihre Schichten, ihre kleine Wohnung, war das wirklich sein Problem? Wie konnte er das übers Herz bringen, wenn Lonzo ihn aus seinen dunklen Knopfaugen ansah?

Er hatte München erreicht, fuhr auf der Nymphenburger Straße Richtung Innenstadt. Der Verkehr war zäh. David rief zum fünften Mal das Sportgeschäft an. Er hing wieder minutenlang in einer Warteschleife, wurde dann mit der Laufabteilung verbunden, wo das Telefon ins Leere klingelte. Unfassbar, dachte er, und trommelte mit seinen Fingern auf dem Lenkrad. Einfach unerreichbar. Wie kann man sich in dieser Zeit erlauben, unerreichbar zu sein? Das sollte er mal bei seinen Klienten versuchen, da wären die bestimmt begeistert. Er hatte auch versucht, Frau Huber zu erreichen, doch die schaltete am Wochenende ihr Firmenhandy einfach aus und war ebenfalls unerreichbar. Ihr Argument, auf das sie auch noch stolz zu sein schien: „Ich achte auf meine Work-Life-Balance. Sollten auch Sie tun, Dr. Fischer. Man muss sich erholen können."

Was wusste Frau Huber denn vom Erholen? Außerdem: Ging er nicht zum Yoga? Michaela und er hatten sich beim Vinyasa Flow kennengelernt. Bei den dynamischen Balanceübungen war er ins Wanken geraten und hatte ihre Hand gegriffen, instinktiv. Sie hatte gelächelt und ihm später beim Handstand geholfen. Beim gemeinsamen Tee hatten sie Visitenkarten getauscht. Noch am selben Abend hatte er ihr eine WhatsApp-Message geschickt und irgendwann spät in der Nacht bemerkt, dass sie sich viel zu erzählen hatten. Michaela war Ärztin in einem Münchner Krankenhaus. 15 Jahre jünger als er. Für sie beide hatte er das Haus am See gekauft, gleich nach der Hochzeit – natürlich mit Ehevertrag, der sein Vermögen schützte. Sie hatten eine private Yogalehrerin engagiert, im Sommer machten sie SUP-Yoga, auf einem Surfbrett. Dann kam Lonzo. Er hatte schon als Baby sein eigenes Surfbrett, sie nahmen ihn meist mit. Er liebte die Stunden auf dem Wasser, lag auf dem Surfbrett, döste, sprang ins Wasser, um sich abzukühlen. Er war ein glücklicher Hund. Michaela war ganz klar seine Chefin, David sein Spielgefährte. Er hätte für sich allein niemals einen Hund gekauft, aber gedacht: Besser ein Hund als ein Kind.

So vergingen zwei Jahre. Eines Morgens, als sie von einer Nachtschicht im Krankenhaus nach Hause kam und ihn in Akten vertieft vorfand, schrie sie: „Du bist mit deiner Kanzlei verheiratet, du lebst in deinen Verträgen und Vereinbarungen, du brauchst keine Frau. Du brauchst auch keinen Hund. Du brauchst kein Haus und kein Auto. Du brauchst nur deine Kanzlei und Fälle, die du lösen kannst. Aktenaktenakten. Sei doch einmal im Hier und Jetzt. Nur einmal!" Erst dachte er: Lass sie reden. Sie ist überarbeitet. Aber er wusste, dass sie ein bisschen recht hatte. Er bemühte sich, buchte Yin Yoga, das ihn runterbringen sollte, entspannen, weibliches Yoga eben. Doch es nützte nichts. Das Gedankenkarussell raste unermüdlich weiter und niemals war er im Hier und Jetzt. Nicht einmal beim Sex, gerade da fielen ihm immer öfter Akten ein. Er hatte aber keine Lust mehr, sich zu erklären. Stattdessen sagte er: „Lass mich in Ruhe mit dem buddhistischen Geschwafel. Das Hier und Jetzt geht mir so was von auf den Sack." Kurz darauf erfuhr er durch Zufall von ihrer Affäre mit einem Oberarzt.

Als er in die Tiefgarage fuhr, klingelte das Telefon. Michaela.

„Wo bleibst du?"

„Ich dachte, ich sollte mir Zeit lassen ..."

„Ja, sicher. Ganz toll. Aber jetzt kommt doch bitte, ich habe heute Abend schließlich ..." Dann war die Verbindung unterbrochen. Als er die Treppen hocheilte, rief sie wieder an. Er ging nicht ran. Er musste sich jetzt konzentrieren. Er lief in den Sportladen, ins untere Stockwerk, wo die Sportschuhe waren, ganz in die hinterste Ecke, wo Lonzo gelegen hatte. Er stellte sich vor, wie er Lonzo gleich dösend am Boden finden würde, wie er ihn umarmen würde. Seinen Lonzo. Doch Lonzo war nicht da.

Er erklärte dem Verkäufer die Situation. Hektisch, atemlos. Ja, an einen hellen Hund könne er sich erinnern. Aber irgendwann sei der Hund weg gewesen. „Warum gehen Sie nicht ans Telefon? Ich habe mindestens fünf Mal bei Ihnen angerufen!" Der Verkäufer zuckte die Schultern. „Sie sehen doch, was hier los ist."

David suchte den ganzen Sportladen ab, Stockwerk für Stockwerk, fragte alle Verkäufer, die ihm über den Weg liefen, zeigte ihnen ein Bild von Lonzo auf seinem Handy. Die meisten sagten nur: „Es kommen so viele Kunden mit Hunden."

Er rannte aus dem Sportladen und ließ seinen Blick schweifen wie eine Kamera. In welche Richtung war Lonzo gegangen? Was war sein Ziel? War er allein oder hatte ihn jemand entführt? Es schien ihm unmöglich, vorherzusagen, wohin Lonzo gegangen war.

Vielleicht hatte er auch den anderen Ausgang genommen. Am liebsten hätte er die Suche an Frau Huber delegiert, die konnte so etwas. Aber Frau Huber hatte ja Wochenende. Wieder klingelte das Handy. Michaela.

„Wo? Bleibst? Du?" Ihre Worte zerschnitten die Luft wie Skalpelle, die sie nach ihm warf.

„Ich bin noch in der Stadt."

„Aha. Du bist noch in der Stadt. Waren wir nicht verabredet? Ist es jetzt wieder wie früher, wo du alles vergessen hast? Jede Verabredung? Mich?"

„Ich bin aufgehalten worden."

„Weißt du was? Du brauchst gar nicht mehr zu kommen! Lonzo und du, macht doch ein Männerwochenende! Seit einer Stunde telefoniere ich hinter dir und einer Hundesitterin hinterher, um das verdammte Wochenende zu managen ..."

„Hundesitterin?"

„Morgen. Golfturnier am Tegernsee. Eine dieser Einladungen, die man selbst mit Handicap 32 nicht absagen kann."

„Ich dachte, du hättest dich so auf Lonzo gefreut."

„Job ist Job."

„Und Hund ist Hund. Bist du jetzt Golfpro?"

„Sehr witzig."

Er musste lachen. „Ja, schon, oder? Du hast doch Golf immer gehasst. Früher."

„So, nun ist gut. Also kommt ihr jetzt oder nicht? Moment mal, Trixi ruft an, bin gleich wieder da ..."

Trixi musste die Hundesitterin sein. Oder eine Golfpartnerin. Eine Kollegin aus dem Krankenhaus. Trixi, nie gehört.

„So", sagte Michaela, „jetzt ist das wenigstens geklärt. Du kannst Lonzo direkt zu Trixi bringen, sie nimmt ihn das ganze Wochenende, und du hast deine Ruhe. Ist ihr Party-Wochenende an der Isar, Lonzo wird Spaß haben."

„Party? Du lässt Lonzo auf eine Party gehen?"

„Hast du eine bessere Idee? Soll ich ihn fürs Golf-turnier anmelden? Bälle mag er ja."

„An der Isar? Soll es heute nicht noch regnen?"

„Regenwahrscheinlichkeit 30 Prozent, sagt meine Wetter-App. Du bist und bleibst ein Pessimist. Anwälte!"

„Wer ist denn Trixi überhaupt?"

„Wird das hier ein Verhör? Trixi ist die Tochter meiner Nachbarin. Du klingelst einfach bei Bader."

„Und was macht die so, die Tochter deiner Nach-barin?"

„Bitte fang nicht an zu nerven! Die lebt bei ihrer Mutter, und immer, wenn sie Lonzo im Treppenhaus trifft, dann fällt sie ihm um den Hals. Die ist okay."

„Und wenn sie ihn entführt?"

„Mann, was ist denn heute mit deiner Fantasie los? Trixi wird um 21 Uhr abgeholt vom Party-Express. Bis dahin solltest du es ja schaffen."

„Nein, ehrlich. Angenommen, sie entführt ihn. Was würde Lonzo tun?"

„Jesus, David! Abhauen würde er."

„Wohin?"

„Zu mir natürlich."

Er versuchte sich vorzustellen, wie Lonzo wohl von den Isarauen nach Neuhausen finden würde. Oder vom Sportgeschäft in der Stadtmitte. Ohne Google Maps. Ohne jemals diesen Weg gegangen zu sein. Lonzo war klug, aber man sollte seine Navigationsfähigkeiten auch nicht überschätzen. Die Frage war ja nur, wie er vorgehen würde. David legte die Hände an die Schläfen und schloss die Augen. Wie würde Lonzo vorgehen? Vielleicht wie bei der Ballsuche. Sich vom vermuteten Weg in Kreisen nach außen bewegen. In Kreisen! Das war es. Wenn er Lonzo finden wollte, musste er sich in Kreisen bewegen. Aber wie groß wären die Kreise? Was auf einem Feld funktionierte, würde in der Stadt schnell unübersichtlich werden. Was, wenn Lonzo auf den Marienplatz käme. Hunderte Menschen. Hunde, die ihn ablenkten. Von da aus führte kein Weg nach Hause oder alle Wege. Die Wahrscheinlichkeit würde steigen, dass jemand ihn entführte. Oder sich um ihn sorgte. Seine Tassomarke lesen würde. Anrufen. Zumindest Lonzo ins Tierheim bringen oder zur Polizei. Die würden sich dann bei ihm melden. Er war ja gechippt, alles vorschriftsmäßig.

David kam die Idee, noch einmal die Orte abzugehen, an denen er heute mit Lonzo gewesen war.

Vom Sportgeschäft aus zum Weinladen, zum Bäcker, an die Isar, zur Kanzlei. Er machte sich auf den Weg. Gewitterwolken schoben sich über die Türme der Frauenkirche. Er musste sich beeilen, um die Tour trocken zu schaffen. Weinladen und Bäcker hatten schon geschlossen. An der Isar gingen die Hunde brav an der Leine. Kein verlorener Lonzo, der seine Leine hinter sich herzog auf der Suche nach dem Herrchen. Es donnerte, der Himmel über München färbte sich schwarz, es begann, stark zu wehen. David beschleunigte seinen Schritt. Er rief immer wieder: „Lonzo! Lonzo! Lonzo!" Die ersten Tropfen fielen.

Eine Joggerin fragte: „Kann ich Ihnen helfen?"

„Haben Sie einen hellen Labradoodle gesehen?"

„Labra... – ist das ein Hund?"

„Ein großer heller Hund, eine Mischung aus Pudel und Labrador. Seine Leine ist rot." „Ja", sagte sie. „Den habe ich gesehen."

„Was? Sie ...?"

„Ist schon meine 10. Runde, Marathontraining. Als ich loslief, so vor zwei Stunden, da habe ich einen hellen Hund mit roter Leine gesehen. Lief hier auf und ab."

„Lonzo!", rief David unvermittelt. „Und dann?"

„Nichts. Ich habe mich noch gewundert, wo sein Herrchen oder Frauchen ist ... Als ich bei der nächsten Runde hier wieder vorbeikam, war er weg."

„In welche Richtung ist er denn gelaufen? Können Sie das sagen?"

„Ja, in diese Richtung." Sie zeigte in Richtung Kanzlei.

Der Regen wurde stärker. David lief los. Endlich eine Spur. Die Straßen waren verstopft, die Autos hatten die Lichter eingeschaltet, Wischer wischten hektisch über die Scheiben. Radfahrer und Fußgänger flüchteten sich in Hauseingänge. David rannte an ihnen vorbei. Seine Schuhe waren voller Wasser, seine helle Chino klebte an seinen Beinen, seine Lungen brannten, obwohl er erst einen Kilometer gelaufen war. Nur noch wenige hundert Meter zur Kanzlei. Durchhalten. Er war sich sicher, dass Lonzo dort vor dem Eingang auf ihn warten würde, oder dass ihn vielleicht jemand hereingelassen hatte. Jemand, der nicht wusste, dass Lonzo auf einer Maquette am Hals den Namen trug und die Telefonnummer, die anzurufen war.

Niemand stand vor dem Eingang. Die Tür war verschlossen. Er beugte den Oberkörper vor und stützte seine Hände auf den Knien ab. Sein Atem rasselte. Lonzo war nicht hier. Und jetzt? Polizei?

„Sie sehen erschöpft aus."

Woher kam die Stimme? Er drehte sich um, keiner da.

„Setzen Sie sich zu mir und entspannen sie sich."

Im Eingang zu einer kleinen Passage entdeckte er einen Stadtstreicher, eingehüllt in Decken. Er schaute gar nicht genau hin und winkte ab.

„Danke, es geht schon", keuchte er.

„Wie Sie meinen."

„Sie haben nicht zufällig einen Hund gesehen?"

„Ich sehe viele Hunde."

„Es ist ein heller Hund, Mischung aus Pudel und Labrador, frisch geschoren. Er hat eine rote Leine."

„Was ist mit dem Hund?"

„Ich suche ihn, er ist mir fortgelaufen?" Nach einer Pause ergänzte er. „Er sucht mich. Wir haben uns verloren."

„Hier?"

„Nein, in dem Sportgeschäft um die Ecke."

„Aber sie suchen ihn hier?"

„Ich suche ihn überall. Hier geht es zu meiner Kanzlei. Das kennt er."

„Sie sind Anwalt?"

„Das bin ich."

„Warum ist Ihnen der Hund entlaufen?"

„Ich weiß es nicht."

„Es muss doch einen Grund geben. Warum läuft ein Hund in einem Sportgeschäft weg?"

David atmete tief ein und zog den Schlüssel für die Kanzlei aus der Tasche. Es hatte aufgehört zu regnen. Wenigstens wollte er sich trockene Kleidung anziehen, bevor er zur Polizei gehen würde. In seinem Büro hingen ein weißes Hemd, eine schwarze Hose und sein Talar.

„Ich danke Ihnen für das Gespräch. Ich werde jetzt zur Polizei gehen. Es hat keinen Sinn."

Er zog noch eine Zwei-Euro-Münze aus der Tasche und reichte sie dem Stadtstreicher. „Danke."

„Ich sehe Sie jeden Tag", sagte der Mann. „Sie gehen schnell, als wenn sie verfolgt werden. Sie rauchen im Gehen, Sie essen im Gehen, Sie trinken im Gehen. Heute Morgen habe ich Sie gesehen, als Sie mit dem Hund hier ankamen. Es war früh. Sie haben ihn gezogen und nicht in Ruhe schnüffeln lassen. Dann kam eine Frau, sie war streng zu dem Hund. Als sie zurückkam, hatte er einen neuen Haarschnitt. Am Nachmittag verließen Sie mit ihm das Haus. Wieder zogen Sie den Hund."

„Ja, es gibt immer viel zu tun."

„Für Sie. Das Morgen zieht Sie durch die Tage. Unbarmherzig. Meine Welt ist anders. Hier ist die Straße. Hier sitze ich und beobachte Menschen. Jetzt regnet es. Jetzt scheint die Sonne. Alles ist, wie es ist."

David wusste nicht, was er darauf entgegnen sollte, ohne unhöflich zu sein. So entstand eine kleine Pause. Dann sagte er: „Vielleicht liegt es daran, dass ich eine Aufgabe habe?"

„Vielleicht. Warum haben Sie einen Hund?"

„Das überlassen Sie doch besser mir", entgegnete David schärfer als er gewollt hatte.

Der Stadtstreicher blieb freundlich: „Warum hat Ihr Hund Sie?"

„Sind Sie Philosoph?"

„Ich bin Rama, ich schaue auf alles mit den Augen eines Kindes, voller Staunen. So auch auf Sie. Setzen

Sie sich doch zu mir."

„Bitte entschuldigen Sie mich, muss mir jetzt trockene Sachen anziehen, bevor ich zur Polizei gehe und Lonzo vermisst melde."

„Nur fünf Minuten. Schenken Sie mir fünf Minuten Ihrer Zeit."

Der Mann musste verrückt sein, dachte David. Rama, was für ein Name! Sah gar nicht aus wie ein Inder, aber schon ein bisschen nach Yogi, wie er da so aufrecht und unverwüstlich heiter saß. Was für eine dumme Idee, sich mit einem Stadtstreicher auf ein Gespräch einzulassen. Jetzt wurde er ihn nicht mehr los. Und von jetzt an müsste er sich einen neuen Weg von der Tiefgarage in die Kanzlei überlegen, sonst würde Rama ihn jedes Mal, wenn er hier vorbeikam, in ein Gespräch verstricken. Womöglich in Anwesenheit von Kollegen oder Klienten!

„Ich habe Ihnen zu Beginn unseres Gesprächs eine Frage gestellt: Haben Sie meinen Hund gesehen?"

Rama antwortete nicht.

David sperrte die Tür auf und ging ins Treppenhaus.

Bevor sie zufiel hörte er Rama sagen: „Ja."

Er betete inständig, dass in den nächsten fünf Minuten kein Kollege vorbeikommen würde. Um diese Zeit arbeitete niemand mehr in der Kanzlei, aber vielleicht hatte jemand ja etwas vergessen und wollte es schnell holen. Rama roch besser, als er befürchtet hatte. Er hielt trotzdem Abstand.

„Was ist wirklich passiert in dem Sportladen?",
fragte Rama.

„Wie kommen Sie drauf ...?"

„Bitte einfach nur die Wahrheit, Sie sind doch Jurist."

David zögerte. Woher wusste Rama, dass er um die Wahrheit herumlavierte? Er fragte wie ein Anwalt.

„Ich habe ihn vergessen. Es ist mir erst zu Hause aufgefallen."

„Vergessen", raunte Rama.

„Ja."

„Schauen Sie mal."

Er hob seine Decken an, und darunter lag Lonzo. Er schlief wie ein Baby.

„Er hat hier auf Sie gewartet. Dann hat er sich zu mir gesetzt, wie Sie jetzt. Als es zu regnen begann, hat er sich unter die Decken gekuschelt."

David war sprachlos – vor Glück und zugleich vor Empörung. Wie konnte dieser Rama die ganze Zeit seinen Lonzo unter diesen Decken verbergen, ihn mit albernen philosophischen Fragen löchern und kein Wort von Lonzo erwähnen. Er musste verrückt sein. Aber war das jetzt noch wichtig? Lonzo war zurück, sein Lonzo.

„Ach, Lonzo", seufzte er leise.

Lonzo erwachte und blickte ihn aus seinen dunklen Augen an. Eher fragend als freudig. Diesen Blick hatte David noch nie an ihm wahrgenommen. Lonzo blickte ihn an wie einen Fremden.

„Komm, wir gehen jetzt nach Hause." Er streckte ihm die Hand entgegen, doch Lonzo rührte sich nicht. „Lonzo", sagte er etwas lauter, „na, komm doch." Lonzo schloss die Augen wieder und legte seinen Kopf auf den Oberschenkel von Rama.

Rama schwieg die ganze Zeit.

„Was haben Sie mit meinem Hund getan?"

„Nehmen Sie ihn."

David strich Lonzo mit fahrigen Gesten über den Kopf. Dann zog er an seinem Halsband. „Komm Lonzo, aufwachen! Es geht nach Hause."

Lonzo erhob sich langsam, schüttelte sich, doch anstatt ihm zu folgen, legte er sich wieder hin.

David blickte ratlos auf Rama und Lonzo. Ihm war kalt, er spürte ein leichtes Zittern.

„Warum lassen wir nicht den Hund entscheiden?", fragte Rama.

„Was entscheiden?"

„Wohin er gehört."

„Sie träumen, Rama. Lonzo gehört zu mir. Ich bin sein Besitzer."

„Juristisch gesehen, ist das sicher treffend."

„Und wie sollte man es sonst sehen?"

„Kennen Sie den *Kaukasischen Kreidekreis* von Bert Brecht?"

„Nie gehört." David wollte aufspringen. Er verlor die Geduld, doch Rama legte seine Hand auf Davids Schulter.

„Die fünf Minuten sind noch nicht um. Bitte bleiben

Sie noch. Brecht war ein Augsburger Dichter ..."

„Ich weiß, wer Brecht war."

„Umso besser. Schlechter Stilist, aber dieses Stück vom Kreidekreis, das ist gut, das sollten Sie als Anwalt kennen. Es handelt von zwei Frauen, die Anspruch auf ein Kind erheben. Die eine ist die leibliche Mutter, die andere die Amme, die es großgezogen hat. Der Richter, in Wirklichkeit nur ein Armeleuterichter, zieht einen Kreis, stellt das Kind hinein und sagt: Wer das Kind aus dem Kreis zieht, gewinnt. Die wahre Mutter wird die Kraft haben, das Kind zu sich zu reißen. Da beginnt ein Zerren, bis die Amme sagt: Nein, das mache ich nicht. Wer, glauben Sie, bekommt das Kind?"

„Keine Ahnung", entgegnete David, der kaum zugehört hatte. „Wollen Sie etwa ein Wettziehen?"

„Nein. Nehmen Sie ihn mit. Es ist Ihr Hund, ziehen Sie ihn aus dem Kreis."

„Das ist ja vollkommen lächerlich. Ich brauche ihn nicht zu ziehen. Lonzo! Komm zu mir."

Lonzo rührte sich nicht. Er blieb einfach liegen, hob kaum den Kopf.

„Wissen Sie", sagte Rama zögerlich, „ich sehe immer schlechter. Im Dunklen fast gar nichts. Lonzo könnte mich führen. Er könnte mich auch beschützen, mich wärmen, mir meine Einsamkeit nehmen. Wir wären ..."

Ramas Worte wurden immer leiser, ein Flüstern. Bald konnte er sie nicht mehr hören. In Davids Kopf war plötzlich Leere. Alle Gedanken wie weggewischt.

Kein Gestern, kein Morgen. Sein Leben war auf einen Punkt zusammengeschnurrt. Es gab nur noch ihn, wie er in diesem Moment neben Rama am Boden saß, im Eingang zu einer Passage, gleich neben seiner Kanzlei. Menschen liefen vorbei, doch er nahm sie nicht mehr wahr. Gedanken zogen durch seinen Kopf wie Schäfchenwolken über einen blauen Himmel. Er schob sie einfach weiter. Der kleine David, wie er auf dem Schulhof von anderen Jungen verprügelt wurde, weil er schon wieder Klassenbester war. Die erste Nacht mit Michaela, in einem Schlafsack unter dem Sternenhimmel am See. Lonzo als Baby, die Augen noch geschlossen, klein und warm in seiner Hand. Er seufzte. Im nächsten Moment kam ein neuer Gedanke, ein Gedanke, wie eine schwere Gewitterwolke. Seine Partner in einer Runde an einem großen Tisch, alle Augen auf ihn gerichtet. „Wir spielen aber schon, um zu gewinnen, und zwar lege artis, lieber David." Er erschrak, wollte den Gedanken weiterschieben. Es war unmöglich. Die Partner starrten ihn an und wiederholten ihre Worte wie in einer Endlosschleife.

David erhob sich. Griff Lonzos Leine und zog den schlaftrunkenen Hund zum Eingang der Tiefgarage. Er sah Lonzos Blick zurück, als er ihn in den Eingang zog, spürte den Widerwillen, hörte das leise Wimmern, musste die ganze Rückfahrt daran denken und fand keine Ruhe. Er ging mit Lonzo zum See, die Luft war abgekühlt, es war dunkel geworden. Lonzo badete mit ihm, doch es schien, als wäre alle Unbeschwertheit von ihm gewichen. Er spielte nicht, schwamm nicht mit ihm, wie sonst immer. Er nahm nur eine Abkühlung. Dann legte er sich auf den Steg und schlief. David betrachtete ihn vom Wasser aus und zum ersten Mal versuchte er, das Denken, das seinen beruflichen Erfolg bisher so erfolgreich gesichert hatte, auf sein Privatleben anzuwenden. Er sah sich nüchtern und mit Abstand die Gegenwart von Lonzo an, begab sich mit ihm einige Schritte in die Zukunft und sprang dann in eine Superzukunft. Er spielte verschiedene Möglichkeiten durch, bis hin zu der, Lonzo abzugeben an Menschen, die ihn brauchten, vielleicht mehr brauchten als Michaela und er. Ihm wurde schwindelig.

Er erinnerte sich daran, wie Lonzo in ihr Leben gekommen war. Wie der Züchter sie mahnend angesehen hatte und gesagt: „Ein Labradoodle braucht Zeit, Zuwendung und eine Aufgabe. Sind Sie sicher, dass Sie ihm das geben können?"

Als David ins Haus kam sah er, dass Michaela und Nadine angerufen hatten. War das wichtig? Er zog sich einen warmen Pullover und Jogginghosen an, setzte sich mit einem Glas Wein auf die Terrasse, öffnete sein Notebook und scrollte durch die Bilder, die sie von Lonzo gemacht hatten. Lonzo beim Alpenwandern, im Englischen Garten, auf dem Beifahrersitz des Cabrios, die Nase im Wind. Bei den Babyfotos musste er weinen. Er suchte nach Lonzo-Bildern aus dem letzten

Jahr, doch er fand kein einziges. Das neueste Lonzo-Bild war über ein Jahr alt.

Dann lud er sich das Buch auf seinen Kindle und begann zu lesen: „Zwischen den Trümmern eines zerschossenen kaukasischen Dorfes sitzen im Kreis ...“

Kleine Taube

»Die Tiere empfinden wie der Mensch
Freude und Schmerz, Glück und Un-
glück.«

– Charles Darwin

Als wir das Zimmer zum ersten Mal betraten, wurde
es gerade Nacht in Buenos Aires. Damit Helena zum
Rauchen nicht wieder auf die Straße gehen musste,
dorthin, wo ein Nachbar mit bösem Blick und drei
indiskreten Pitbull-Terriern rumhing, öffneten wir die
schweren Balkontüren. Der Balkon war sehr
französisch: elegant, zierlich, nicht einmal breit genug
für einen Stuhl. Ein Grüßbalkon. Aus dem dritten
Stock übersahen wir eine Handvoll Straßenzüge.

Der Taxifahrer hatte sich unserem Hotel mit der
besorgten Frage genähert: „Ein bisschen gefährlich,
oder?"

„Finden Sie? Wir kommen aus Rio de Janeiro."

„Rio? Dio mio!"

„Si, si."

Der Balkon hatte ein schwarzes Eisengeländer mit Art déco-Motiven, daran hing etwas lieblos ein schnörkelloser Plastikblumenkasten mit verdorrten Pflanzen in rissiger, brauner Erde. In dem Blumenkasten saß still eine Taube und blickte uns an. Wir erschraken, weil wir das Tier erst gar nicht gesehen hatten, und flüsterten, um es nicht zu verscheuchen. Doch als Helena ihre Zigarette anzündete, flog die Taube davon und hinterließ ein zerknautschtes Junges, auf dem sie gesessen hatte.

Die kleine Taube drückte sich fest auf die ausgetrocknete Erde und versuchte ängstlich, uns nicht anzusehen und keine Aufmerksamkeit auf sich zu lenken. Vergeblich. Wir starrten sie an wie eine Erscheinung, die verschwinden wird, wenn man nur lange genug hinschaut. Wie ein Bild, das nicht sein sollte. Wir machten uns stille Vorwürfe, die Mutter verscheucht zu haben.

„Meinst du", flüsterte Helena sorgenvoll, „sie kommt zurück?"

„Aber klar", entgegnete ich wenig überzeugend. „Lass uns reingehen, damit die kleine Taube nicht vor Schreck hinunterfällt!"

Wir schlichen auf Zehenspitzen zurück ins Zimmer, während unten Motorräder weiter dröhnten, die Pitbulls kläfften und im Apartment auf der anderen Straßenseite lautstark eine Telenovela lief. Durch die geschlossenen Balkontüren spähten wir ins Halbdunkel nach draußen. Verwaiste Dachgärten, Leitungen, die, Schlingpflanzen gleich, an schimmeligen Fassaden emporrankten, ein übergroßes Werbeplakat mit der Promotion für ‚TV digital + Internet + Telefonía + WiFi'. Vögel schwirrten durch das Halbdunkel, es duftete nach Sommer.

Die Mutter kam nicht zurück.

„Ob sie irgendwo lauert und uns hinter den Fensterläden entdeckt hat?"

Schulterzucken.

So verriegelten wir die dunklen Fensterläden und nutzten die Gunst des Augenblicks – unsere Nachbarn waren gerade in Diskussionen mit Spaziergängern vertieft, und die Pitbulls erläuterten deren aprikosenfarbenen Pudeln, wer in dieser Straße das Sagen hatte –, um auszugehen.

In einer Bar in San Telmo trafen wir am Tresen zwei Argentinier, die uns nach wenigen Minuten Freunde nannten und mit uns eine Literflasche Quilmes-Bier teilten. Nachdem wir von der Begegnung auf unserem Balkon erzählt hatten und fragten, was jetzt zu tun sei, empfahl Pablo, ein junger Typ mit goldener Ray-Ban Sonnenbrille und schlechten Zähnen, die sofortige Beseitigung der kleinen Taube, sobald wir zurückgekehrt waren.

„Freunde, werft sie vom Balkon. Drei Stockwerke müssten reichen ... niemand braucht diese Ratten der

Lüfte! Morena, was sagst du?"

„Niemand braucht Tauben! Ist doch wahr. Man sollte sie alle vergiften", erklärte uns seine zierliche Freundin mit tiefem Ausschnitt und noch tieferer Stimme. „Taubenkot! Bakterien, Viren, tititi! Ist doch wahr. Bloß nicht einatmen!"

„Hm", erwiderte ich.

Pablo zog die Ray-Ban nach unten und blinzelte: „Und erst die verätzten Fassaden, chicos?"

In einer Stadt, die aus noblem Verfall ihren Charme gewann, ein unerwartetes Argument.

„Und dieses ständige, widerliche Gurren: Guguguuuu, guguguuu, guguguuu!"

Ein weiteres überraschendes Argument. Man musste schon ein sehr feines Gehör besitzen, um mitten im dröhnenden, quietschenden, scheppernden Verkehr der Millionenmetropole ein zartes Taubengurren wahrzunehmen.

Pablo legte seinen rechten Arm um Morena und drückte sie fest an sich: „Euch ist klar, was zu tun ist mit dieser kleinen, geflügelten Ratte im Blumenkasten. Sollen Morena und ich es für euch erledigen?"

„Erledigen. Ist doch wahr", bekräftigte Morena.

Helena lächelte forsch: „Das könnt ihr vergessen. Auf unserem Balkon werden keine Tiere getötet."

Schweigen. Wie es schien, im ganzen Lokal. Ein alter Mann mit vollen schwarzen Haaren rutschte von einem Barhocker am Tresen und stellte sich zu uns.

„Ihre Haltung gefällt mir, junge Frau", sagte er.

Dann sah er Pablo und Morena an und begann, mit ruhiger Stimme zu erzählen. „Freunde, ihr wisst nicht, was ihr redet. So lasst mich eine Geschichte von einer Taube erzählen, eine Geschichte, die mein Großvater Raúl erlebt hat. Also eine wahre Geschichte, keine Fantasiegeburt. Mit Sicherheit denkt ihr anders über diese wunderbaren Geschöpfe, nachdem ihr sie gehört habt."

Pablo und Morena murrten kurz, dann entspannten sie sich.

„Hoffentlich ist es eine positive Geschichte", sagte Helena.

„Aber ja." Er lächelte. Er hatte freundliche Augen. „Tauben sind die besten Freunde des Menschen. Seid respektvoll zu Tauben! Oder habt ihr je gehört, dass Ratten Menschen in Not gerettet haben? Die Geschichte, die ich euch erzählen möchte, ist lange her, sie ist bereits mit historischem Edelrost überzogen ..."

„Edelrost?", fragte Helena.

„Das ist ein Gleichnis, junge Frau. Wir sind eine literarische Nation, ein Volk mit Dichtung im Blut. Verstehen Sie?"

Helena nickte. „Entschuldigen Sie bitte, unser Spanisch ..."

„Aber sicher", sagte er. „Bitte fragen Sie, wenn Sie mich nicht verstehen. Also, die Geschichte meines Großvaters ereignete sich im Ersten Weltkrieg. Ich erzähle eigentlich niemals Kriegsgeschichten, die will niemand hören, genau wie diese langweiligen und mit

Blut oder Zucker angereicherten Geschichten aus den Zeiten unserer Militärdiktaturen. Alles Vergangenheit. Doch diese Geschichte passt außerordentlich gut zu eurer Diskussion.

Es ist der Oktober des Jahres 1918. Mein Großvater ist ein junger Mann, er hat sich freiwillig für die US-Army gemeldet. Es sind die letzten Tage des Krieges, die letzte große Schlacht, und er liegt unter schwerem Beschuss in einem Schützengraben in Nordfrankreich. Beschuss nicht nur von den Deutschen, auch die eigenen Leute feuern ihre Kanonen auf die Gruppe von Soldaten ab, die mit ihm eingekesselt ist. Man hält sie für den Feind! Nach einem Tag in diesem Kessel ist mehr als die Hälfte der Männer tot, nur noch 200 Soldaten sind am Leben. Am nächsten Tag würden sie alle tot sein.

Mein Großvater ist erst 21, und in einer Gefechtspause schreibt er einen Brief an seine Eltern. Er schreibt: ,Lieber Vater, lieber Mutter, das Leben ist verrückt. Es bringt mich an diesen furchtbaren Ort, an dem ich mit schwarzen Händen diesen Brief schreibe, und hier werde ich sterben, erschossen von meinen eigenen Leuten, die mich mit dem Feind verwechseln. Ich liebe euch, betet für meine Seele, euer Raúl.'

Kaum hat er den Briefumschlag geschlossen, setzt der Beschuss wieder ein. Der Major kommt zu ihm. Er sagt, das Feldtelefon sei ausgefallen, er habe bereits zwei Brieftauben mit einem Hilferuf geschickt, beide wurden von den Deutschen abgeschossen. Verzweifelt suche er einen Freiwilligen, der sich hinter die feindlichen Linien durchschlägt. Mein Großvater bemüht sich, keine Angst zu haben. Er hat ja auch schon den Brief geschrieben, in dem er mit allem abschließt. Aber verdammt, er ist 21, er will leben, er will nicht derjenige sein, der hinausmuss, auch wenn den Dortgebliebenen ebenso der Tod droht und er das weiß. Aber in solchen Situationen ist man irrational. Sein Blick geht auf den Boden. Er hofft, er betet, dass der Major einfach weitergeht, einen anderen fragt, versteht. Doch der Major bleibt."

Der alte Mann blickte in die Runde. Pablo und Morena wirkten schon ganz mitgenommen. Dann erzählt er weiter.

„Der Major erklärt meinem Großvater seine Mission. Da fällt sein Blick auf einen kleinen Drahtkäfig mit einem Holzrahmen. Darin sitzt eine Taube. Die letzte Taube. Der Major nimmt meinen Großvater in den Arm und sagt: ‚Raúl, sie wird es zuerst versuchen. Danach bist du dran.' Mein Großvater nickt stumm. Hauptsache, die eigenen Truppen kommen zur Hilfe, statt tödlich zu feuern! Die Taube sitzt in ihrem Käfig, gurrt und nickt, als hätte sie jedes Wort verstanden, als wüsste sie, dass keine übliche Feldpost, sondern die Mission ihres Lebens auf sie wartet.

Der Major persönlich nimmt die Taube heraus, redet beruhigend auf sie ein, bindet ihr die Nachricht in einer kleinen Metallkapsel ans Bein. Dann hebt er sie hoch und lässt sie fliegen. Die Augen aller Männer sind auf die Taube gerichtet, sie ist die vorletzte Hoffnung für die eingekesselten Soldaten. Mein Großvater, die letzte Hoffnung, sieht den Vogel aufsteigen, verschränkt seine schmutzigen Hände und flüstert: ‚Querido Amigo, liebster Freund, flieg, flieg, so schnell du kannst und rette unser aller Leben.' Er beobachtet, wie sich die deutschen Gewehrläufe Richtung Himmel neigen. Ein Augenblick der Stille, dann zischen tausende Kugeln auf die Taube zu. Die erste Salve übersteht sie wie ein Wunder unverletzt, mein Großvater jubelt leise. Zu früh. Es zischen wieder Kugeln, die Taube wird getroffen, taumelt, fängt sich wieder. Mein Großvater späht durch sein Fernglas. Ein Schuss in die Brust, ein Treffer ins Auge, das Bein, das Bein mit der Botschaft wird getroffen, es hängt nur noch an einer Sehne. Und was denkt ihr, was geschah?"

Morena hatte sich an Pablo gekuschelt, der schob seine Ray-Ban zurück und versuchte, cool zu bleiben.

Helena ruft: „Nun sagen Sie schon!"

„Was soll ich sagen? Das Tier bleibt in der Luft. Es kämpft sich durch den Kugelregen, höher und höher, fliegt außer Sichtweite meines Großvaters die 25 Meilen auf die andere Seite und rettet so das Leben der eingekesselten Männer, auch das meines lieben Großvaters.

Die Überlebenden verehren diese Taube, ihre Heldin. Man schnitzt ihr ein Holzbein und verleiht ihr das französische Croix de Guerre, eine Tapferkeitsmedaille. Ein Jahr später stirbt das Tier, wird ausgestopft und in Washington ausgestellt. Mein Großvater besuchte sie dort bis zu seinem Tod jedes Jahr am 4. Oktober und dankte ihr dafür, dass sie sein Leben und das seiner Kameraden so heldenhaft gerettet hat. Er bewunderte diese Taube, die für ihn nur noch ‚Querido Amigo' heißt, liebster Freund. Die ganze Truppe bewunderte sie."

Der alte Mann machte eine Pause und blickte jedem von uns lange in die Augen, dann wiederholte er den Satz, mit dem seine Geschichte begonnen hatte: „Tauben sind die besten Freunde des Menschen. Seid respektvoll zu Tauben!"

Morena und Pablo nickten anerkennend.

„Toughe Taube. Ist doch wahr", murmelte Morena.

Wir hatten an diesem Abend die Argumente der Taubenhasser gehört und die ergreifende Geschichte eines Taubenfreundes, fast zu wunderbar, um sie zu glauben. Im Taxi auf dem Weg in unser Apartment bekamen wir eine dritte Meinung zu Tauben, während argentinischer Heavy Metal aus dem Radio plärrte und ein Kreuz an einer über den Rückspiegel gelegten Holzkette so wild hin und her baumelte, als wolle es überall sein, nur nicht hier.

Auf dem Armaturenbrett klebte der Name des Fahrers: Noah Ruiz. Wir sprachen ihn auf seinen Vornamen an. Da legte er schon los.

„Altes Testament. Habt ihr das gelesen? Seid ihr

Christen? Ja, nein? Was denn nun? Ich mach's kurz: Sintflut, Arche Noah. Ich bin der mit dem Boot. Klar? Langsamer, ihr seid nicht von hier? Es geht verdammt viel langsamer, wenn ihr das braucht. Also, mein Name steht in der Bibel, Altes Testament. Das ist angekommen, oder?"

„Ist es", erwiderte Helena. „Sag mal, Noah, kommt da nicht auch eine Taube vor?"

„Ich sehe, ihr kennt euch aus. Noah lässt eine Taube fliegen, um das Land zu suchen. Erster Flug: Sie kommt zurück. Kein Land. Zweiter Flug: Sie bringt einen Ölzweig in ihrem Schnabel mit. Hoffnung. Dritter Flug: Sie kehrt nicht zurück. Land! Noah weiß Bescheid. Soweit klar? Gut, gut. Wisst ihr, was zur Hölle das bedeutet? Die Taube – das ist Versöhnung. Gott und Mensch vertragen sich. Gott hat den Wasserhahn kräftig aufgedreht. Alle sind ersoffen. Dann hat Gott den Hahn wieder zugedreht und das Wasser abfließen lassen. Alles klar? Die Taube steht für Versöhnung."

„Und bei Picasso steht sie sogar für Frieden", sagte ich.

„Sie meinen den irren Spanier? He, der hat doch gar keinen Geschmack! Diese Gesichter, immer total verunstaltet. Aber Tiere konnte er malen! Tiere!"

„Kann man so oder so sehen", sagte ich. „Das mit den Gesichtern. Jedenfalls hat Picasso die Taube auf das Plakat des Pariser Weltfriedenskongresses im Jahr 1949 gemalt, Noah."

„Ob das so eine gute Idee war, Mann? Irgendwo habe ich gelesen, dass jede einzelne Taube 2000 Kämpfe pro Jahr kämpft. Was wissen die wohl von Frieden? Aber bei Noah Versöhnung – alles klar, Mann. Und Picasso, der Ahnungslose: Frieden. Muss ich noch was sagen? Muss ich? Ach: Wollt ihr wirklich in dieser Straße hier aussteigen? Gefährliche Gegend."

Vor der Haustür war es ruhig. Niemand unterwegs. In einer Parallelstraße spotzten bockige Harleys. Wir hatten drei Schlüssel für unser kleines Belle Époque-Hotel: einen für die Haustür, einen für die Etage, einen für unser Zimmer. Es waren Schlüssel aus einer anderen Zeit – lang, dünn, mit einem breiten Bart zu beiden Seiten. Ohne ein gewisses Gefühl für Schlösser ließen sich die Türen mit ihnen nicht öffnen. Doch selbst mit Gefühl brauchte man Ruhe und Geduld. So standen wir vor der Haustür für die Dauer eines Black Sabbath-Klassikers, mit dem der Taxifahrer, der wartete, bis wir sicher im Hausflur waren, die Anwohner unterhielt. Die Wohnungstür ließ sich etwas leichter öffnen – nur drei Versuche. Die größte Herausforderung war die Zimmertür, vor der wir fünf Minuten mit dem Schlüssel im Schlüsselloch stochernd verbrachten. Als sie sich endlich öffnete, schien es uns wie ein wahrscheinlich nur schwer reproduzierbares Wunder.

Am nächsten Morgen wurde ich von Taubengurren

geweckt. Die Mutter war zurück! War sie? Als ich die Balkontür öffnete, saß die kleine Taube allein dort. Blauer Himmel, die Sonne schien erbarmungslos, ich stellte ihr ein Schälchen mit Wasser in den Blumenkasten, das sie ängstlich mied. Sie erhob sich und bewegte sich unbeholfen an das gegenüberliegende Ende des Blumenkastens. Dort spendete die Pflanze gerade ausreichend Schatten für ihren kleinen Kopf. Ihr Körper lag in der heißen Sonne, der Wind strich durch ihre Federn.

„Gebt ihr Wasser. Lasst sie in Ruhe. Habt Geduld", hatte der alte Mann in der Bar gesagt. „Die Mutter wird sich um sie kümmern. In einer Woche kann sie fliegen." Wir vertrauten auf seine Worte und verließen das Zimmer.

Als wir am Abend zurückkehrten, erwies sich der Taxifahrer als noch besorgter als sein Kollege vom Vortag. Besorgt vor allem um seine eigene Sicherheit. Gleich nachdem er uns abgesetzt hatte, trat er das Gaspedal durch. Die quietschenden Reifen – ein Weckruf für unsere Nachbarn, die auf der gegenüberliegenden Straßenseite auf einem Parkplatz mit ihren Hunden schliefen. Sie erhoben sich wie Puppen und wankten wie Schlafwandler auf uns zu, die Hunde an ihrer Seite. Hektisch stocherten wir mit dem Schlüssel in der Tiefe des Schlosses. Kein Kontakt, die Tür blieb geschlossen. Nun hatten die unfreundlichen Gesellen uns erreicht, Zähne fletschend standen die Hunde vor uns. Ich versuchte, zu lächeln und mit einem freundlichen „Hola. Qué pasa?" ein Gespräch zu starten. Kam dieses Grunzen von den Hunden oder von den Menschen? Ich zog einen Hundert-Peso-Schein aus der Tasche und hielt ihn den Herren entgegen. Man riss ihn mir aus der Hand, hielt ihn ins Licht, kratzte mit dem Fingernagel darauf herum, befand ihn für echt und forderte mit unmissverständlicher Geste einen weiteren. Sie bekamen einen. Gleicher Echtheitstest, Wunsch nach mehr. Helena fummelte mit dem Schlüssel, leise fluchend. Ich versuchte, mehr Geld zu finden und die Hunde mit sanfter Stimme zu beruhigen. Ich fand nur meine Kreditkarte. Man schlug sie mir aus der Hand, wurde unfreundlich bis ungehalten. Die Hunde waren jetzt auf Tuchfühlung, wir konnten ihren modrigen Atem riechen.

„Helena!", rief ich. „Die Tür!"

„Jaaaaa", schrie sie.

Doch die Tür leistete weiterhin Widerstand. Die Nachbarn lachten nur und suchten etwas in ihren Taschen. Pistolen? Messer?

„He-le-na!"

Da war plötzlich ein seltsames Geräusch über unseren Köpfen, Luftwirbel, ein unregelmäßiges Flattern. Wir duckten uns, auch die Nachbarn duckten sich. Selbst die Hunde zuckten kurz zusammen. Eine kleine Taube mit dünnen Flügeln und fusseligen Federn auf dem Kopf landete direkt vor unseren Füßen, schüttelte ihre Flügel, sah Helena und mich kurz an, danach die Hunde, die zu bellen begannen und sich auf sie stürzen wollten. Die Tür lag einige Stufen erhöht, blitzschnell wackelte die kleine Taube zum Treppenabsatz und startete erneut, um, ähnlich einer Fledermaus oder einem Doppeldecker mit Motorschaden fliegend, segelnd, fallend, wieder in der Dunkelheit zu verschwinden. Die Hunde rannten sofort hinterher, die Nachbarn drehten sich um, riefen, sie sollten zurückkommen. Da fasste endlich der Schlüssel, die Tür sprang auf, wir schlüpften hinein und warfen die Tür sofort wieder hinter uns zu.

Draußen tobten die Nachbarn und schlugen auf die Glasscheibe. Die Messer, die sie aus den Taschen gezogen hatten, nützten ihnen nichts mehr. Die Hunde, erfolglos von ihrer Jagd zurückgekehrt, drückten ihre Nasen an die Scheibe und erschütterten die Tür mit Bellsalven.

Gern hätten wir gelacht, über dieses Bild wütender Ohnmacht, aber der Schreck war zu groß, unser Blutzuckerspiegel plötzlich so tief, dass wir zu zittern begannen.

„War sie es?", stammelte Helena.

„Sie kann noch nicht fliegen", entgegnete ich mit fragendem Unterton.

„Erst in einer Woche."

„Ja."

„Aber sie sah ihr ähnlich, oder?"

„Ja."

„Dann war sie es doch?"

„Unmöglich."

„Wie der Flug der Taube hinter die feindlichen Linien. Querido Amigo."

„Ja."

Wir drehten uns zum Treppenhaus und rannten polternd die Stufen hoch, kämpften, oben angekommen, mit zwei weiteren Türschlössern, stürzten endlich in unser Zimmer und öffneten vorsichtig die Balkontür.

Unten schimpften die Nachbarn, die Hunde bellten, ein Polizeiwagen mit blau blinkenden Lichtern im Kühlergrill kam die Straße hoch. Die kleine Taube saß in ihrem Blumenkasten und blickte uns schüchtern an. Leise bebte ihr Federkleid. Sie erhob sich und schlug einmal mit den Flügeln, dann setzte sie sich wieder. Am anderen Ende des Balkons saß die Mutter auf dem Geländer und gurrte zufrieden.

Der mit der Glückskatze

»Ich habe viele Katzen gehabt, aber keine davon war mitfühlend. Sie waren so egoistisch, wie sie nur sein konnten.«

– Haruki Murakami

Die Lounge leerte sich gerade, als er eintraf. Ein anderes verspätetes Flugzeug sollte jetzt endlich starten. Doch sein Flug nach Wien war längst noch nicht zum Einsteigen bereit. Erst einmal musste die Maschine überhaupt kommen. Er war Finanzchef eines Online-Händlers. Den ganzen Tag hatte er in einem Meeting in Hamburg verbracht. Nicht einmal zum Lunch waren sie hinausgegangen, stattdessen wurden Sandwiches bestellt. „Ich liebe Gurkensandwiches", hatte der Geschäftsführer der Firma gesagt. Lapprig, hatte er gedacht, äußerst lapprig. Genau wie deine Zahlen. Jetzt hing er am Flughafen fest und während er die

Lounge betrat, flackerte kurz der Gedanke auf, wie herrlich es wäre, heute Abend bei Bobby Reich zu sitzen und bei einem Bier den Sonnenuntergang über der Alster zu genießen. Einfach abhauen! Den Termin morgen canceln! Vielleicht würde sowieso kein Flugzeug mehr kommen, dann würde er übernachten müssen und der Vormittagstermin wäre auch geplatzt. Vielleicht.

Die Dame am Counter versicherte ihm, dass sie ihn persönlich ausrufen werde, sobald der Flug zum Einsteigen bereit sein würde. So müsste er nicht ständig auf das Display mit den Flügen gucken.

„Kann ich mich darauf verlassen?"

„Das können Sie."

In ihrem Lächeln meinte Peter Spuren von Spott zu finden und beschloss, lieber selbst das Display im Blick zu behalten. Er steuerte gleich nach rechts, zu dem Tresen mit Essen und Getränken, zapfte sich ein Bier und trank es im Stehen. Durch die Fensterfront blickte er auf den Parkplatz. Die Hamburger waren schon lustig, alle Flughafen-Lounges, die er kannte, hatten entweder einen Blick über Start- und Landebahn oder gar keine Fenster. Parkplatzblick war einmalig. Er trank ein zweites Bier im Stehen.

Hamburg war Peters Heimatstadt. Als er wegzog, war er vierzehn gewesen. Die Schönheit von Hamburg blendete ihn jedes Mal, wenn er hierherkam, vor allem im Sommer. Doch ein Umzug kam nicht in Frage, er lebte mit Frau und Kindern in Frankfurt und fühlte sich wie ein Frankfurter.

Neben ihm machte sich ein Mann am Buffet zu schaffen. Auf einmal roch es nach Wiener Würstchen. Nach Samstagen, an denen sein Vater für ihn kochte, hier, in Hamburg, in der Isestraße, während draußen vor dem Fenster die U-Bahnen vorbeifuhren.

Mit einem dritten Bier und einem Teller Wiener Würstchen suchte er sich einen Sitzplatz. Die Lounge hatte eine L-Form. Er ging er an den blauen Sesseln entlang bis nach hinten. Dort in der Ecke würde er in Ruhe essen und arbeiten können. Die Frau saß in der vorletzten Reihe. Ihre langen Beine waren übereinandergeschlagen und sie blätterte in einem Magazin. Sie trug eine große, schwarze Sonnenbrille, und ihre Sitzhaltung war auffallend gerade. Er setzte sich in einen Sessel schräg gegenüber.

Während er aß, erwischte er sich dabei, dass er ständig zu der Frau hinüber schielte. Er legte sich sein iPad in den Schoß und öffnete die Unterlagen für das Meeting in Wien, doch immer wieder schweifte sein Blick ab von den Charts, hinüber zur Frau mit der Sonnenbrille. Als wenn sie auf mich warten würde, sagte er sich. Er hoffte, sie würde ihn anlächeln oder irgendein Zeichen geben, doch die Frau mit der Sonnenbrille reagierte gar nicht auf seine Blicke. Sie saß da nur entspannt und sehr aufrecht da und blätterte in dem Magazin.

Ihr Handy, das auf dem Beistelltisch lag, klingelte. „Wie geht es dir, Kassandra?", hörte er sie sagen. Ihre Stimme war höher als erwartet, fast spitz. Passt gar nicht zu dem coolen Äußeren, dachte er. Klang kindlich, klang wie eine Stimme, die ihm bekannt vorkam. Nur woher? Gebannt lauschte er jedem ihrer Worte, verfluchte die schwatzenden Italiener hinter sich. Mussten die denn so laut reden? Furchtbar! Als die Frau gegenüber sagte „… und seitdem geht er am Stock, wirklich", wusste er, wer sie war. Heidi Hesse. Niemand sonst sprach das Wort Stock so hamburgisch, mit einem spitzen S und einem zugleich gedehnten und geleierten O. Stohock. Jetzt erkannte er auch ihre Stimme wieder. Sie hatte sich gar nicht verändert, immer noch die Tonlage des Teenagers.

Nachdem das Telefonat beendet war, ging er zu ihr.

„Hallo Heidi." Er musste sich räuspern, weil seine Stimme so kratzte. „Kennst du mich noch?"

Sie schob langsam ihre Sonnenbrille hoch und musterte ihn von oben bis unten. Kein Lächeln. Kein Zeichen von Wiedererkennen.

„Ich bin Peter", sagte er, „Peter Hofmann. Wir waren zusammen in der Schule. Entschuldige bitte, dass ich dich einfach so anspreche. Aber als ich dich sah und deine Stimme wiederhörte, da dachte ich …"

Sie antwortete nicht gleich, ließ sich einige Sekunden Zeit.

„Das ist okay."

„Es ist so selten, dass ich Menschen aus dieser Zeit treffe, da dachte ich ..."

„Das ist nett, Peter. Ich war nur gerade bei einem ganz anderen Thema. Ich kann nicht so schnell umschalten. Mit dem Alter werde ich immer langsamer."

„Du meinst immer schöner", rutschte ihm heraus.

Sie blickte zu Boden.

„Ich kann auch wieder ... ich wollte nur Hallo sagen ... es hätte ja sein können, dass du dich erinnerst."

Sie stand jetzt auf und legte ihm die Hand auf die Schulter.

„Nein, bitte setz dich doch zu mir, wenn du magst."

Sie war fast größer als er, eine Fotoschönheit mit langen, dunklen Haaren, grünen Augen und den schönsten Ohren, die er jemals gesehen hatte. Jetzt erinnerte er sich, früher hatte er diese kleinen, weichen Ohren immerzu streicheln wollen, sich jedoch nie getraut.

„Wann genau waren wir denn in der gleichen Klasse oder Stufe? Ich habe so ein grauenhaftes Namens- und Personengedächtnis. Auf den Treffen des Abi-Jahrgangs habe ich dich nicht gesehen, oder?"

„Nein, wir haben nicht zusammen Abi gemacht. Wir waren nur wenige Jahre in einer Stufe, wenn ich mich richtig erinnere 1985 bis 1988, dann bin ich mit meinen Eltern nach Frankfurt gezogen."

„Die Achtziger also. Ich glaube, ich kann dich jetzt zuordnen. Wir haben eine schöne Zeit zusammen verbracht, richtig? Wir waren Freunde."

Er nickte aufgeregt.

„Schön, dich hier zu treffen, Peter. Wirklich schön. Du siehst gut aus, wie ein erfolgreicher Mann. Was machst du denn jetzt so?"

„Ich bin bei einem Online-Unternehmen, einem Händler. Ich bin Finanzchef."

Sie lachte.

„Ist das komisch. Du konntest doch früher gar nicht rechnen. Hattest du nicht schlechtere Noten als ich?"

Er wunderte sich über diesen Satz. Auch wenn er sich nicht genau an ihre Noten erinnern konnte. Seine waren immer gut gewesen. Froh darüber, dass sie sich überhaupt an ihn erinnerte, sparte er sich einen Kommentar.

„Irgendwann habe ich es dann doch begriffen."

„Offensichtlich. Finanzchef, das ist ja schon was. Und privat, wie geht es dir privat?"

War das wichtig? Er wollte ihr jetzt nichts von Pam erzählen und von den beiden Jungen. Das passte doch gar nicht hierher. Würde bestimmt die schöne Atmosphäre des Gesprächs zerstören.

„Ich mache viel Sport, bin Triathlet."

„Das sehe ich", sagte sie und fasste nach seinem Oberarm. „Bist du verheiratet?"

„Ja, das bin ich."

„Kinder?"

„Zwei Jungen."

„Ich habe zwei Mädchen."

Peter sah nach seinem Handy, das gerade gepiepst hatte. Eine Message von Pam, ob alles okay sei. Das konnte er später beantworten.

Er hatte keine Lust, das Familienthema zu vertiefen.

„Mein Flug ist verspätet. Ich muss nach Wien. Kann sein, dass ich jeden Moment aufgerufen werde."

„Was für ein Zufall!", rief sie. „Wir sind auf dem gleichen Flug."

„Was hältst du davon, wenn ich uns zwei Prosecco hole. Darauf müssen wir anstoßen."

„Gute Idee, das machen wir."

War das wirklich Zufall, sie hier zu treffen?, dachte er, während er den Prosecco in die schlichten Gläser der Airline einschenkte. Bei einer anderen Frau aus dieser Zeit würde es ihm wohl so gehen wie Heidi. Er würde sich nicht so klar erinnern. Aber sie, ausgerechnet sie. Zum Abschied hatte sie ihm die Zunge rausgestreckt, sie schien das ganz vergessen zu haben. Er hatte ihr Liebesbriefe geschrieben und jede Chance genutzt, in ihrer Nähe zu sein, sie zu berühren. Einmal hatte er sie sogar auf den Mund geküsst. Es war bei einem dieser Spiele. Er erinnerte sich genau wie sie schmeckte, sie schmeckte wie der Sommer. Alles, was er am Sommer zu dieser Zeit liebte, die Wärme, die blühenden Felder, das Meer, enthielt dieser Kuss. Während er sie küsste, hatte er auch zum ersten Mal ihre schönen Ohren berührt. Er glaubte, es habe ihr gefallen, es fühlte sich an, als würde ein Blitz von ihrem Ohr in seinen Finger einschlagen. Vielleicht war es auch andersherum gewesen. Er hatte eine Gänsehaut bekommen, so aufgeregt war er damals gewesen, sie hatte ihm eine Ohrfeige gegeben. Er würde sie gleich daran erinnern. Fragen, warum sie das getan hatte, warum sie diesen Glücksmoment zerstört hatte.

Er erinnerte sich daran, wie nervös er früher immer in ihrer Gegenwart gewesen war, wie leicht sie ihn aus der Fassung bringen konnte, mit einem Blick, einem Lächeln oder einer spöttischen Bemerkung. Aber jetzt hatte er Karriere gemacht, eine Familie gegründet, eine wundervolle Frau, einen Hund, ein schönes Haus. Jetzt ruhte er tiefer als jemals zuvor in sich. Ich bin selbstbewusst, dachte er. Und sie spürt es. Findet es anziehend. Jetzt bin ich der Starke.

Wie gern hätte er das grelle Licht der Lounge gedimmt, vielleicht noch Musik aus den Achtzigern statt ntv, einfach ein wenig Atmosphäre, die dem Treffen mit dem Begehrenswertesten, woran er sich in seiner Kindheit erinnerte, angemessen war.

„Auf unser Wiedersehen!", sagte er und stieß mit ihr an.

„Chin-chin, Peter. Erzähl mir doch mal, wie wichtig du jetzt bist. Das würde ich gern hören."

Keine Frau hatte ihm zuvor diese Frage gestellt. So erzählte er von seinem Studium, seinen guten Noten, dem Auslandssemester in Kalifornien, dem Job bei Ebay in London, den Jahren bei Boston Consulting, in denen er so viele Weltklasse-Unternehmen beraten hatte. Sie hörte aufmerksam zu.

„Komisch, dass der Flug immer noch nicht geht", sagte er schließlich. „Vielleicht wird es heute nichts mehr."

„Und wenn schon, Peter, dann fliegen wir eben morgen nach Wien und du schläfst heute bei uns. Wir haben ein kleines Gästezimmer."

Er lächelte. „Oh, vielen Dank für die Einladung."

Sie sagte das ganz natürlich: Wir haben ein Gästezimmer. Wer, wir? Sie und ihr Mann, ihre Töchter? Vielleicht war sie geschieden. Lud sie häufiger Männer in ihr Gästezimmer ein, hatte es deshalb so locker geklungen? Saß sie vielleicht in Wirklichkeit hier, um Männer zu fangen? War sie etwa eine ...? Er verscheuchte diesen Gedanken sofort wieder. Sie war seine Heidi aus Hamburg-Eppendorf. Das schönste Mädchen der Schule und für ihn damals das schönste Mädchen der Welt.

Als er sich erhob, schwankte er kurz. Er sagte: „Ich hole uns noch zwei Prosecco."

„Schau mal", sagte sie, „dass sind Mareike und Nina. Meine Besten. Habe ich am Timmendorfer Strand aufgenommen. In diesem Haus ist unsere Wohnung, drei Zimmer mit Balkon. Uhlenhorst, sehr zentral. Schöne Fassade, oder? So freundlich, dieses Gelb. Mein Mann, Gunter, ist Lehrer an einer Montessorischule. Schau, so sieht er aus. Viel zu gut für einen Lehrer, oder?" Mit gesenkter Stimme sagte sie: „Manchmal habe ich große Angst, dass er mich mit einer Kollegin oder gar einer Schülerin betrügt."

Sie senkte den Blick.

„Dich betrügen. Wie kannst du das nur glauben? Du warst früher das schönste Mädchen der Schule und heute bist du sicher die schönste Frau von Uhlenhorst. Wie könnte er dich betrügen?"

War er jetzt Peter, der Finanzchef und Familienvater, oder der verliebte Teenager, der auch noch eifersüchtig auf seinen Rivalen war? Er konnte es nicht sagen. Und sie, wer war sie? War sie nicht eigentlich eine Fremde? Eine Fremde, in der das Mädchen wohnte, das er sein Leben lang nicht vergessen hatte, das zum Ideal für alle anderen Frauen in seinem Leben aufgestiegen war, ohne dass er es so richtig gemerkt hatte. Bis auf die piepsige Kinderstimme, die mochte er ausschließlich bei ihr.

Der hintere Teil der Lounge war jetzt menschenleer. Sie waren die Einzigen, die hier noch saßen. Hinter ihnen zeigte der große Flachbildfernseher eine endlose Nachrichtenschleife, die Klimaanlage summte leise, im vorderen Teil zischte eine Espressomaschine.

Sie stellte ihr Glas auf den Beistelltisch und blickte ihn still an.

„Ich glaube, ich mochte dich sehr gern damals", sagte sie schließlich.

Er nickte.

„Wir waren verliebt, Peter. Wir haben Heidi und Peter in Bäume geritzt."

„Haben wir?"

„Und ob."

Sie strich ihm mit ihrer Hand über die Wange.

„Darf ich das?"

„Ja."

Er legte seinen Kopf auf die Seite, wie eine Katze, wenn sie gekrault wird.

„Du hast für einen Mann sehr weiche Haut", sagte sie. „Ein Bart würde dir bestimmt auch stehen. Dann die Haare etwas länger, die schönen, dunklen Haare. Du würdest noch jünger aussehen, als jetzt schon. Neben dir bin ich eine alte Frau."

„Heidi", sagte er nur, „meine Heidi. Du bist ein Kind, genau wie damals."

Er dachte: Jetzt oder nie, diese Chance kommt nicht wieder. Ergreif sie! Er wollte sich zu ihr beugen und sie küssen. Dabei stieß er eins der Proseccogläser um, die auf dem Tisch zwischen ihnen standen. Es fiel zu Boden. Er erschrak, dachte plötzlich, was tue ich hier? Versuche eine Frau zu küssen, die meine Jugend-liebe war. Bin ich verrückt?

Er blickte sich um, ob sie nicht längst beobachtet

wurden. Vielleicht war ein Kollege oder Bekannter in die Lounge gekommen. Wenn er sie beide so sehen würde, was würde er wohl denken? Wenn seine Frau davon erfahren würde, ihre Eifersucht ... Er musste hier raus, er konnte nicht länger bleiben.

„Ist doch nichts passiert", sagte sie sanft und hob das Glas wieder auf. „Guck doch nicht so schockiert, Peter."

Er suchte seine Tasche, erhob sich.

„Hast du Angst vor mir?", fragte Heidi mit bebenden Lippen.

Ja, dachte er. Ich hatte immer Angst vor dir. Du warst so nah und doch so weit weg, ich bin dir immer nur hinterhergelaufen, du hast nur mit mir gespielt.

Sie nahm die Sonnenbrille ab, entfernte das Haargummi, schüttelte die dunklen, langen Haare, strich sie glatt und lächelte.

„Jetzt erinnere ich mich sehr gut an dich", sagte sie. „Du hattest schon damals diese vornehmen Gesichtszüge. Dieses Überlegene in deiner Art. Viele fanden dich arrogant, aber mir, mir war das egal. Wenn ich dich besuchte im Haus deiner Eltern, dann erschien es mir immer, als würde ich einen kleinen Palast betreten, als hättet ihr alle Reichtümer dieser Erde. Und dann dieser traumhafte Hund, ein Afghane, oder? Wie er auf dem Sofa lag und träumte. Im Hintergrund wehten die Vorhänge und das Licht war ganz weich. Dieses Bild werde ich nie vergessen. Wie hieß der Hund doch gleich?"

„Er hieß Aisha", antwortete Peter schroff.

„Was hast du denn auf einmal Peter? Habe ich etwas Falsches gesagt?"

Peter spürte, wie seine Fäuste sich ballten.

„Peter, ich war sehr verliebt damals in dich. Ich wäre dir überall hin gefolgt, aber du ..."

„Sei doch still!", unterbrach er sie.

Sie blickte ihn jetzt fast flehend an, versuchte seine Hand zu nehmen, während er regungslos vor ihr stand. „Weißt du, Peter, mein Leben war nicht immer leicht. Ich hatte viele Männer. Ich war Model, bin viel in der Welt rumgeflogen. Eine eitle Welt. Erst mit Gunter kam mein Leben wieder in geordnete Bahnen. Ich habe gelernt, das kleine Glück zu schätzen, obwohl ich immer glaubte ... hoffte, ich würde in einem Schloss wohnen, in deinem Schloss ... unserem Schloss. Aber dann hast du mich so hässlich behandelt. Ich kam mir so wertlos vor. Bestimmt hast du das schon vergessen. Hast du?"

Er presste die Lippen zusammen und konnte die Tränen nicht unterdrücken. Er riss seine Hand von ihr los, verbarg sein Gesicht in den Händen und sagte mit kratziger Stimme: „Aisha war der Hund von Peter Bürgel. Ich bin Peter Hofmann."

„Hofmann? Bürgel? Was soll das heißen?"

„Es soll heißen, Peter Bürgel war der Junge mit dem Afghanen. Ich war der Junge mit der Katze."

„Nein", sagte sie hysterisch lachend. „Peter, lass die Scherze. Der dicke Junge mit der Akne, der nach der

Schule immer mit dieser schrecklich gemusterten Glückskatze gespielt hat, in diesem armseligen Vorgarten von seiner Großmutter. Du bist gemein."

Er riss seine Tasche an sich und rannte aus der Lounge. Die Frau am Counter sagte, „Herr Hofmann, haben Sie etwa einen siebten Sinn? Ihr Flug nach Wien ist jetzt zum Einsteigen bereit." Er ignorierte sie, nahm den Ausgang und setzte sich in ein Taxi. Ihm war schwindelig von dem Alkohol und dem Laufen.

„Fahren Sie weg. Fahren Sie sofort weg", sagte er mit zitternder Stimme.

„Wohin?"

„Wohin Sie wollen, es spielt keine Rolle."

Bitte lassen Sie meinen Hund nicht rein

»Hunde kommen in unser Leben, um zu bleiben. Sie gehen nicht fort, wenn es schwierig wird. Vielleicht, weil sie uns von Anfang an als das sehen, was wir wirklich sind: fehlerhafte, unvollkommene Menschen. Ihre Liebe, wenn wir sie erst verdient haben, ist absolut.«

– Pablo Picasso

Es war eines dieser Grand Hotels aus dem frühen 20. Jahrhundert – weißglänzend, weitläufig, weltoffen, direkt am Genfer See gelegen. Von unserem Balkon im ersten Stock blickten wir auf das Wasser und die Berge. Das Zimmer – schon etwas abgewohnt. Der

Service – so zuvorkommend wie Schweizer nur sein können. Genau der Ort, den Helena und ich uns als erste Zwischenstation einer langen Reise gewünscht hatten.

Als wir am Nachmittag dort ankamen, erkundeten wir neugierig das Hotel, durchquerten die Empfangshalle mit den geheimnisvoll knarrenden Dielen, besichtigten die Speisesäle. Den Zugang zum Garten entdeckten wir durch Zufall auf der Suche nach einem Pool; im Untergeschoss befand sich eine unauffällige, alte Holztür mit Glasfüllung. Auf dem Glas klebte ein Zettel mit folgendem Text: Bitte lassen Sie meinen Hund nicht rein. Wir versuchten uns vorzustellen, wer diese Warnung verfasst hatte: ein Nachbar, dessen Hund sich gern davonstahl und in den Weiten des Hotels versteckte, der Hoteldirektor selbst, dessen Hund die Gäste um keinen Preis belästigen sollte? Was war das wohl für ein Hund: ein erschreckender Rottweiler, eine für den Hotelstandard unterrepräsentative Promenadenmischung, ein schlecht dressierter Dackel?

Lachend betraten wir den Garten. Er war terrassenförmig angelegt, voller exotischer Pflanzen. Auf einer Bank unter einer Palme saß eine junge Frau, rauchte und beobachtete die Menschen auf der Seepromenade. Neben ihr eine kleine Hündin, braunweiß gefleckt, Jack-Russel-Terrier. Die Hündin besah uns kritisch, als wir auf die Bank zusteuerten, die sie offensichtlich als ihr Eigentum betrachtete. Auf unser fröhliches „Bonjour" reagierte sie reserviert mit gedämpftem Bellen. Immerhin wedelte ihr Schwanz erwartungsvoll.

„Sie ist etwas scheu bei Fremden", begrüßte uns lächelnd die Frau. „Ich bin Chloé, ich kümmere mich um den Garten. Und das ist Chacha."

Chloé hatte dunkelbraune Haare, schön geschwungene Augenbrauen und eine beruhigende Stimme. Sie zog Chacha zu sich heran, bat uns Platz zu nehmen, doch wir blieben lieber stehen, lobten die prächtigen Bougainvilleabüsche und versuchten, Chacha zu streicheln. Es war nicht möglich.

„Chacha, sei ein Schatz", mahnte Chloé. Endlich ließ sie sich von Helena hinter dem Ohr kraulen und schien es zu genießen.

„Das ist seltsam, sie lässt sich nie von Fremden streicheln. Niemals."

Verwundert schüttelte Chloé den Kopf. „Wissen Sie, Chacha ist ein ungewöhnliches Tier, sie wurde von schrecklich liberalen Katzen aufgezogen … Manchmal weiß sie nicht mehr, was für ein Tier sie ist und verhält sich … seltsam."

„Hm", lachte Helena und streichelte Chacha, „ein Katzenhund bist du. Deshalb lässt du dich von mir kraulen. Ich bin nämlich eine Katzenfrau."

Chloé musterte Helena von oben bis unten: „Ja, das sind Sie: eine Katzenfrau. Die Erste, die uns in unserem Garten besucht."

Chacha stand jetzt vor Helena, die am Boden hockte und schlug mit der Pfote nach Helenas Hand – genau wie eine Katze. Wir lachten.

„Der See ist viel größer, als ich in Erinnerung hatte", sagte ich. „Auch die Berge scheinen heute mächtiger."

Chloé schmunzelte: „Ja, die Berge. Sie sehen jeden Tag anders aus. Heute sind sie besonders imposant. Ich liebe den Mont Blanc, es ist der schönste Berg der Welt!"

Ihre letzten Worte wurden überlagert von einem Geräusch, wie wir es noch nie zuvor gehört hatten: ein Grollen, ein Zischen, ein Fauchen, an- und abschwellend, wie eine Welle, eine gigantische Welle, die jeden Laut für die Dauer von 30 Sekunden zudeckte. Chacha verschwand blitzartig unter der Bank, Chloé lächelte gleichgültig.

„Tja, die Züge", sagte sie und zündete sich eine Zigarette an. Jetzt sahen wir die Zugtrasse: Sie verlief mitten durch den Ort, direkt am Hotel vorbei. „Chacha", rief sie jetzt, „komm wieder raus. Alles ist gut."

Vorsichtig traute sich der Terrier mit eingeklemmtem Schwänzchen unter der Bank hervor. Die Ohren der Hündin folgten dem Zug, der, von Sekunde zu Sekunde leiser, Richtung Frankreich ratterte.

„Der Ort hat einen ganz besonderen Ton", sagte Helena. „Es gibt die große Stille und, wie ich gerade gelernt habe, es gibt auch den großen Lärm."

„Ja", nickte Chloé, „dazwischen ist nichts. Montreux ist ein Ort der Extreme."

Wir sagten Adieu, doch nachdem wir einige Schritte gegangen waren, drehte Helena sich noch einmal um und fragte: „Was hat wohl das Schild an der Tür zu bedeuten? Geht es um Chacha?"

Chloé nickte und machte mit der rechten Hand eine wolkige Geste, dazu atmete sie überlaut aus und sagte nur ein Wort: „Ululu."

Ululu? Pfff? Wir setzten lachend unseren Spaziergang fort, gingen die Seepromenade auf und ab, imitierten immer wieder Chloés Laute und die Wolkengeste. Wir hatten keine Ahnung, was der Hund drinnen anrichten könnte, kamen zu dem Schluss, dass die Botschaft auf der Tür einfach – Ululu – ein Scherz wäre. Man wollte nur die Fantasie der Gäste anregen – und das war in unserem Fall recht gut gelungen. Vom Seeufer sahen wir Chloé mit Chacha in der Nachtmittagssonne tollen und mussten lachen über die Ängstlichkeit des kleinen Hundes in Gegenwart des Zuges. Schließlich fauchte der Zug ungefähr jede Stunde durch den Ort – oft genug, meinten wir, um sich daran zu gewöhnen, auch wenn man eine sensible Jack-Russel-Terrierdame war.

Den Mann, der an uns herantrat, bemerkten wir erst, als er vor uns stand.

„Entschuldigen Sie", begann er das Gespräch, „ich sehe, Sie finden Gefallen an Chloé und ihrer Chacha."

Er machte eine Pause und zog an seinem Zigarillo. Unter dem Rauch war ein anderer Geruch wahrzunehmen, etwas Maschinenhaftes, ölig, schmierig. Ein seltsamer Kontrast zu seiner schmalen, eleganten Erscheinung. „Ich komme jeden Tag auf dem Weg von der Arbeit hier vorbei und halte eine kleine Weile, um sie zu beobachten", sagte er, und jetzt bemerkte ich, dass auch seine Stimme metallisch klang. „Entzückend, nicht wahr?"

„Ja", entgegnete Helena, „wir haben uns auch sofort in die beiden verliebt." Nach einer kurzen Pause fügte sie hinzu: „Heißt das, die beiden sind jeden Tag im Garten?"

„Das sind sie. Immer wieder spielen sie auf die gleiche Art – wie Geschwister. Und wenn der Zug durch den Ort faucht ..."

„... dann versteckt sich Chacha ängstlich unter der Bank, richtig?", ergänzte Helena.

„Richtig. Das Tier ist ängstlich – zumindest so lange es im Garten ist."

„Bitte lassen Sie meinen Hund nicht rein", murmelte ich.

„Entschuldigen Sie, was sagten Sie da eben?"

Ich wiederholte den Satz, erwähnte das Schild an der Tür zum Hotel.

„Ja", sagte der Mann gedankenverloren. „Das mit dem Schild wusste ich nicht, aber es erklärt einiges." Dann drehte er sich um und ging so leise, wie er gekommen war. „Adieu."

Wir sahen uns an und zuckten synchron die Schultern.

„Was war das jetzt?", fragte Helena.

Wir nahmen uns vor, Chloé und Chacha am Tag unserer Abreise nochmals einen Besuch in ihrem Garten abzustatten, um ihnen Adieu zu sagen. Doch so lange mussten wir gar nicht warten.

In der Nacht regnete es und donnerte so sehr in den Bergen, dass selbst der Lärm des Zuges übertönt wurde. Am Morgen war das Gewitter weitergezogen.

In den Frühstücksräumen bekamen wir nur mit Glück einen Tisch und saßen vor dem Fenster. Neben uns eine russische Großfamilie – acht Personen. An den anderen Tischen ein chinesisches Paar, eine Gruppe Italiener, amerikanische Geschäftsleute. Auf den Tischen lagen weiße Spitzendeckchen, das elegante Besteck und das dezente, rotweiße Rosenthal-Geschirr schienen aus den frühen Tagen des Hotels zu stammen. Die gemusterten Tapeten, Vorhänge und Teppiche waren für unsere Augen etwas viel, aber immerhin hatte man sich farblich auf Blau- und Goldtöne beschränkt und mit etwas gutem Willen ließ sich die Ausgestaltung der Räume als stimmig bezeichnen. Auf jeden Fall frühstückten wir in einer gediegenen Umgebung, die das frühe 20. Jahrhundert zu würdigen verstand. Etwas näher an die Jetztzeit rückte das Hotel mit der Wahl der Hintergrundmusik: 80er-Jahre Pop von Madonna, ABC und Heaven 17 vermischte sich mit Geschirrgeklapper, Sprachengewirr und den verschiedensten Handy-Signaltönen. Durch die Decken, die mindestens fünf Meter hoch waren, ergab sich eine kaffeehausartige, mondäne Geräuschkulisse. Wir blickten auf den See, tranken Milchkaffee und Espresso, aßen Waffeln und Brioche und freuten uns über den kontrastreichen Morgen.

Plötzlich war da ein neues Geräusch, ein hektisches, fast unanständiges Quietschen. Ich drehte mich sofort um, versuchte die Ursache auszumachen. Vergeblich. Das Quietschen wurde immer lauter und hektischer und vermischte sich jetzt mit schrillen Schreien aus dem Nebenraum, gefolgt vom Klang berstenden Rosenthal-Geschirrs. Es schien mir, als wenn der Raum von einem Orkan erfasst worden wäre: Alles wirbelte durcheinander. Ich wollte aufstehen und hinübergehen, doch dazu blieb keine Zeit mehr. In der nächsten Sekunde stand das Wesen, das Ursache des Terrors war, mitten im Raum: Chacha. Sie flog mit einem Riesensatz auf unseren Tisch, verharrte dort für wenige Sekunden, sah sich um. In ihrem Maul hatte sie eine fast lebensgroße Quietschente, die sie wie besessen drückte. Dann ließ sie die Ente fallen und stürzte sich auf den Russentisch. Sie tanzte über Tassen, Teller, Kannen. Die Kinder schrien, die Erwachsenen versuchten Chacha zu packen. Unmöglich, sie war viel zu schnell. Jetzt stand sie am Boden, biss in die Tischdecke und riss sie herunter. Das Geschrei war groß, doch nichts im Vergleich zum Geschrei der

Amerikaner, als der Kronleuchter auf ihren Tisch knallte, runtergerissen von Chacha, die sich an ihn gehängt und das schöne Stück so sehr in Schwung versetzt hatte, dass die Halterung nachgab. Als der Leuchter in die Rühreier, Würst-chen und Butter-toasts knallte, war Chacha längst bei den Chinesen, die sich unter den Tisch geflüchtet hatten und für diesen Akt der Spielverderberei kräftig in den Hintern gebissen wurden. Auch da Geschrei und Gejammer.

„Hallo Chacha, was machst du denn für Sachen", sagte Helena, als die Hündin wieder auf unserem Tisch neben ihrer Ente stand.

Für einen Moment blickte sie Helena an, verwirrt, fast freundlich. Dann leckte sie erst an der Orangen-, dann an der Erdbeermarmelade, die in kleinen Glas-schälchen auf unserem Tisch stand, schüttelte sich kurz, warf unsere Brioche und die Waffeln zu Boden, schnappte sich die Ente und sprang wild quietschend die lateinamerikanische Kellnerin an, die sich mit einem Tablett an die Wand neben unserem Tisch drückte. Sie schrie, „Diablo! Diablo! Diablo!", und warf das Tablett mit einer Kanne frischen Kaffees in hohem Bogen in den Raum.

Ich sprang auf und verfolgte Chacha, die jetzt die Treppe zur Rezeption hochrannte. Schreie auch dort. Eine Reisegruppe Holländer war gerade eingetroffen und wurde von Chacha aufgemischt. Zunächst schienen die gut gelaunten Holländer das für ein Spiel zu halten und freuten sich über den energiegeladenen, kleinen Hund. „Guck mal! Ein Terrier. Süß ..." Doch die Freude über den süßen Terrier hielt nicht allzu lange an. Wieder riss ein zu tief hängender Leuchter aus der Decke, Koffer fielen, Menschen gingen zu Boden. Chacha stand am Treppenabsatz und besah ihr Werk. Erstaunlich, wie der kleine Hund so viel Unheil anrichten kann, dachte ich. Einen Leuchter von der Decke holen – wie ging das, war das eine Frage der Technik?

Mir blieb keine Zeit, diese Fragen zu vertiefen. Ich stolperte über etwas – ihre Ente. Hob sie auf, drückte einmal aus Versehen. Chacha warf mir einen bitterbösen Blick zu. Vom Flackern in ihren Augen verunsichert, wollte ich die Ente sofort wieder fallenlassen, doch jetzt war das Personal hinter ihr her, schrie lauthals, „Chacha, aus!" Sie floh: Es ging die Treppe nach oben. Ich hinterher, dicht gefolgt vom aufgebrachten Angestellten, bewaffnet mit Golfschlägern, die bei Chachas Attacke aus einer Tasche gefallen waren.

Das Tier erheiterte mich, und, einer Eingebung folgend, beschloss ich, Chacha zu retten. Da ergab sich auch schon eine Chance. Im ersten Stock verzweigte sich der Flur in zwei Richtungen. Ich sah gerade noch, wie Chacha nach rechts abbog. Als das Personal den Flur erreicht hatte, zeigte ich nach links und rief: „Da entlang!" Dann öffnete ich die Tür zu unserem Zimmer. Von der anderen Ganghälfte her wurde das Gebrüll des Personals wieder lauter: Sie rannten zurück.

102

„Chacha", flüsterte ich.

Sie kam um die Ecke gebogen, stoppte, musterte mich skeptisch von Kopf bis Fuß. Sie sprang zum gegenüberliegenden Zimmer und kratzte mit ihren Pfoten an der Tür, blitzte mich an. Ich flüsterte noch einmal ihren Namen: „Chacha, komm rein." Sie ließ von der Tür ab und rannte in unser Zimmer. Ich schloss sofort die Tür und hörte, wie das aufgeregte Personal mit den Golfschlägern in die andere Richtung rannte.

Der Terrier war im Begriff, die Überdecke unseres Bettes zu zerfetzen. Ich winkte mit der Ente und quietschte ganz leise. Sofort hielt Chacha inne, sprang mich an, entriss mir das Spielzeug. Ich lag am Boden vor der Tür zum Balkon, direkt vor mir stand der Hund mit der Ente im Maul.

Ich sagte: „Chacha, ruhig. Ich will dich retten. Ich bin dein Freund. Hast du mich verstanden?" Sie quietschte einmal. „Gut", sagte ich, „sehr gut. Ich werde jetzt Chloé bitten, dich zu holen, dann bist du in Sicherheit. Bleib ruhig."

Der Hund bestätigte diesmal nicht, aber er blieb ruhig. Entscheidend ist nicht, was jemand sagt, sondern seine Taten, dachte ich und fasste voreilig Vertrauen zu dem Tier.

Ich rappelte mich auf und öffnete die Balkontür. Unter dem Balkon lag der in Terrassen angelegte Garten. Ich rief: „Chloé." Nichts rührte sich. Im Hintergrund hörte ich wildes Knurren und als ich mich umdrehte, sah ich, wie Chacha die Bilder an den Wänden ansprang, sie herunterriss, den Inhalt unserer Reisetaschen zerfetzte. Ich versuchte es erneut: „Chloé – bitte kommen Sie ... Chacha."

Da erschien sie unter meinem Balkon und rief mit ihrer weichen Stimme: „Ach, Sie sind es. Wo ist Chacha? Jemand hat die Tür geöffnet und sie in das Hotel gelassen. Ich ..."

„Ja, jemand hat sie in das Hotel gelassen und sie hat ein großes Chaos angerichtet. Jetzt ist sie hier bei mir. Kommen Sie hoch und holen Sie Ihren Hund – von mir lässt sie sich nicht anfassen."

Sie streckte ihre Hände zum Balkon: „Ich kann nicht. Bringen Sie bitte Chacha zu mir."

„Nein, das ist unmöglich, sie ist völlig rasend."

In diesem Moment öffnete sich die Zimmertür und Helena kam rein.

„Mein Gott!", rief sie, „hier sieht es ja wild aus."

Chacha war im Badezimmer und produzierte Scherben. Helena kam auf den Balkon. Sie berührte kurz meinen Arm, wie um zu sehen, ob mit mir alles in Ordnung wäre, dann rief sie zu Chloé: „Bitte holen Sie Chacha, das Tier ist besessen!"

„Sie kann nicht", antwortete ich, „sie kann nicht. Warum auch immer."

„Ich darf diesen Garten nicht verlassen. Aber Sie – von Ihnen lässt sie sich anfassen", rief Chloé, „bitte bringen Sie meine Kleine zurück in den Garten, damit sie wieder ein ganz normaler Hund sein kann. Bitte."

„Ich kann nicht, da draußen ist der Teufel los. Da komme ich niemals durch", rief Helena.

Hinter uns quietschte es einmal kurz. Da stand Chacha mit ihrer Ente, ihre Augen funkelten uns an. Langsam, ganz langsam ging Helena in die Knie und streckte die Hand nach dem Tier aus. Quietschen.

„Chacha", rief Chloé von unten, „Chacha, meine Süße, komm wieder in unseren Garten." Sie reagierte nicht auf ihre Stimme.

Helenas Hände hatten sich Chacha jetzt auf wenige Zentimeter genähert. Die Hündin stand sprungbereit. Nun erreichte die rechte Hand das Ohr und kraulte Chacha vorsichtig. Sie ließ es sich gefallen und quietschte einige Male wohlig. Helena hörte nicht auf zu streicheln, bis das wilde Funkeln in Chachas Augen verschwunden war.

Ich sagte: „Großartig, wie du das machst. Dann wäre das Problem ja wohl gelöst."

In diesem Moment klopfte es laut an unserer Zimmertür. „Machen Sie auf, machen Sie sofort auf."

Das Quietschen, sie mussten es draußen gehört haben! Chacha war sofort wieder eine andere. Sie begann wie wild ihre Ente zu drücken und ihre dunklen Augen blitzten uns wütend an. Ein Schlüssel drehte sich im Schloss. Es war vorbei.

„Aus dem Weg!", schrie Helena. Ich wich zurück, sie griff die überraschte Chacha, hob sie hoch, schrie „Achtung, Chloé", und warf den hysterisch quietschenden Terrier in hohem Bogen vom Balkon.

Stille. Ein kurzer Moment der Stille. Wie in Zeitlupe folgten wir Chachas Flugbahn: Der Terrier zog die Vorderpfoten an, streckte zugleich die Hinterpfoten und verdrehte die Körperhälften gegeneinander. Als Chachas Vorderteil nach einer halben Drehung zum Boden ausgerichtet war, wiederholte sie die Bewegung, nur waren dieses Mal die Vorderbeine gestreckt und die Hinterbeine an den Körper gezogen. So kam sie vom Rückenflug in eine sichere Landeposition.

Helena lächelte und flüsterte: „Sieh nur, was für großartige Erzieher liberale Katzen doch sind."

Gleich darauf stürmten sie unser Zimmer mit Golfschlägern und bösen Worten, besahen das Chaos, suchten den Übeltäter. Wir zuckten die Schultern. Sie gingen so schnell wie sie gekommen waren, ließen die Tür offenstehen und klopften wild an die benachbarten Zimmertüren. Wir sahen in den Garten hinunter. Dort saß Chloé auf einer Bank und rauchte, neben ihr Chacha – genau wie gestern Nachmittag. Chachas Ente lag auf dem Rücken auf den weißen Kieseln vor der Bank.

Chloé winkte uns, als wenn nichts gewesen wäre. Wir winkten irritiert zurück. Nachdem wir das Zimmer aufgeräumt hatten, gingen wir in den Garten. Chloé und Chacha waren fort.

Am Nachmittag standen Helena und ich wieder auf der Promenade und hielten Ausschau nach dem schmalen Mann. Wir konnten ihn nicht sehen und wollten schon fast aufgeben, da nahm ich plötzlich diesen öligen Geruch war: Er stand ganz nah bei uns, genau wie am Vortag.

„Sie sind aber leise", sagte Helena und bat ihn in ein Café. „Heute Morgen ist etwas Seltsames passiert. Sie werden es nicht glauben. Vielleicht haben Sie eine Erklärung."

Wir erzählten ihm von Chachas Terror-Attacke. Er hörte schweigend zu, das Kinn auf seine rechte Hand gestützt.

„Vielleicht ist es doch wahr", begann seine Antwort, gefolgt von einer langen Pause. „Vielleicht ist es wahr, was man sich erzählt."

„Was erzählt man sich denn?", fragte ich.

„Chloé hat bis zu diesem Sommer im Hotel gearbeitet. Sie war Zimmermädchen. Ein ruhiges Wesen, immer freundlich und gutgelaunt. Eine aufgeräumte, junge Frau. Sie bekam einen Hund geschenkt, Chacha. Sie liebte das Tier, doch wenig später wurde sie melancholisch und ängstlich, richtig krank. Etwas war vorgefallen im Hotel, tuschelte man. Was? Niemand wusste es oder wollte darüber sprechen. Jedenfalls war Chloé nur noch im Garten sie selbst. Sie konnte nicht mehr ins Hotel."

„Und wie lange ist sie schon dort?", fragte Helena.

„Seit Juni, also drei Monate."

„Schläft sie denn auch im Garten? Hat sie dort ein Zuhause? Hat man ihr eigentlich gekündigt?"

„Ululu, so viele Fragen, junge Frau", entgegnete er

und bestellte sich einen doppelten Espresso.

„Uns fallen bestimmt noch mehr ein ..."

„Da bin ich sicher."

Er blickte über den See und strich sich schweigend seinen Schnurrbart glatt. Dann trank er den Espresso. Ich fragte mich, ob er vielleicht vergessen hatte, dass er sich im Gespräch mit uns befand.

„Wissen Sie", sagte er, „Chloés Melancholie hat sich auf das Tier übertragen. Nun ist Chacha scheu, fast ängstlich."

„So lange man sie nicht ins Hotel lässt", entgegnete ich. „Meinen Sie, ihr teuflisches Verhalten von heute Morgen hat einen Sinn? Will sie etwas damit erreichen?"

„Finden Sie es heraus!" Er stand auf und ging.

„Heute Nacht werden wir es wissen!", flüsterte Helena wie eine Verschwörerin.

„Werden wir?", fragte ich neugierig.

Sie nickte. „Es gibt Spuren."

„Glaubst du?"

„Ihre Angst hat mit den fauchenden Zügen zu tun. Sie muss sich ihrer Angst stellen."

„Bitte? Sie ist ein Hund."

„Das gilt für Hunde wie für Menschen."

„Ach."

„Und hast du gemerkt, dass er dasselbe Wort verwendet hat wie Chloé? Ululu."

Ich kenne meine Frau. Wenn sie sich etwas in den

Kopf setzt, ist sie schwer davon abzubringen. Je länger ich darüber nachdachte, desto verlockender erschien mir die Aussicht auf ein nächtliches Abenteuer mit Hund.

„Mir ist auch etwas aufgefallen", sagte ich. „Bevor sie in unser Zimmer sprang, hat Chacha an der gegenüberliegenden Tür gekratzt. Sie schien ins Zimmer zu wollen."

Kurz nach Mitternacht schlich ich zur Tür, die in den Garten führte, stieß sie auf und flüsterte leise ihren Namen: „Chacha, Chacha." Da kam die Hündin – verschlafen, schüchtern, aber neugierig. Schritt für Schritt schlich sie auf die Türschwelle zu, die sie in einem Satz übersprang. Sofort spannte sich der kleine Körper, die Augen begannen zu blitzen. Helena wartete bereits, sie nahm Chacha unter ihren Mantel und brachte sie am Nachtportier vorbei nach oben. Chacha saß vor der Tür gegenüber unseres Zimmers und jaulte leise. Das Zimmer hatte keine Nummer. Bevor Chacha jemanden wecken konnte, öffnete Helena die Tür. Es war der Raum für den Reinigungsservice. Den Schlüssel hatte Helena stibitzt, nachdem ich den Nachtportier in die Tiefgarage gelockt hatte. War das ein Spaß, all die Luxuskarossen zu schaukeln, bis eine Alarmanlage losging. Chacha rannte in das Zimmer, eine Art Abstellkammer für verschiedenste Dinge aus dem Hotelbetrieb – Putzmittel, Staubsauger, Kaffeemaschinen lagerten in Regalen. Helena folgte

Chacha durch die finstere Kammer, mit der Taschenlampe ihres Handys leuchtend. Ich wartete in der Tür und beobachtete die beiden. Das Tier schnupperte aufmerksam seinen Weg durch den Raum, stoppte vor einer Kiste, die in der hintersten Ecke stand, setzte sich davor hin. Wartete. Helena kniete sich auf den Boden, schob Chacha vorsichtig bei Seite und öffnete die Kiste. Sofort steckte der Terrier die Nase hinein und begann, erst gedämpft, dann immer lauter zu bellen. So laut, dass Helena den Inhalt herausnehmen musste. Es war eine Transportbox für kleine Hunde.

Helena öffnete die Klappe, die Hündin lief sofort hinein, legte sich hin, stand wieder auf, kratzte mit den Pfoten über den Boden, legte sich wieder hin. So ging es einige Male, bis sie die richtige Position gefunden hatte und ruhig liegenblieb. Als Helena die Klappe wieder schließen wollte, klemmte sie. Eine Zeitungsseite, die am Boden der Box gelegen hatte, um es für das Tier etwas gemütlicher zu machen, war durch Chachas Manöver vom Boden in die Gitterverschlüsse geraten. Helena stopfte die Zeitung wieder in die Kiste, schloss die Box und stellte sich zu mir.

„Und wohin jetzt, Chacha? Wir beide kennen die Antwort."

Helena und ich verließen das Hotel durch die Tiefgarage. Gleich gegenüber befand sich eine hohe Mauer, darauf verlief die Zugtrasse. Ihr folgten wir Richtung

Zentrum. Als der Zug heulend in den Bahnhof einfuhr, verkroch sich Chacha zitternd in die hinterste Ecke ihrer Box. Sie jaulte und wimmerte im Wechsel mit aggressiven Bellsalven. Wir stiegen ein.

Als wir den Zug betraten, war Chacha knapp davor, wieder zum wilden Teufel zu werden. Doch Helena summte leise eine Melodie, die Chacha immerhin dazu brachte, ihre wilden Attacken auf das Gitter, mit dem die Transportbox verschlossen war, zu stoppen.

Wir hatten ein Abteil nur für uns, fielen in die Sitze, stolz auf das, was wir geschafft hatten.

„Und was jetzt?", fragte ich.

„Keine Ahnung. Wir warten einfach mal ab."

„Okay ..."

„Von nun an führt Chacha."

Helena öffnete die Box. Chacha traute sich hinaus und erkundete das Abteil. Als der schlecht gelaunte Schaffner das Abteil betrat, verkroch sie sich wieder und begann in ihrem Korb wild zu graben. Etwas flog dabei hinaus – die Zeitungsseite. Ich hob sie auf und steckte sie ein. Wenig später schlief Chacha auf Helenas Schoß. Helena lächelte zufrieden.

War die Hündin etwa geheilt? So einfach? Ich konnte es kaum glauben. Andererseits: Helenas Hellsichtigkeit hatte mich schon öfter umgehauen.

An der nächsten Station stiegen wir aus, nahmen den Zug zurück, gingen ins Hotel, zu der Tür, die in den Garten führte und sahen Chacha hinter Palmen verschwinden.

„Schade", sagte Helena, als wir zurück in unser Zimmer gingen. „Ich hätte gewettet, Chacha führt uns zur Lösung."

„Aber sie ist doch kuriert, oder?"

„Vielleicht. Ululu. Vielleicht."

Am Morgen spazierten wir in den Garten und riefen Chacha. Sie kam und begrüßte sogar mich freundlich bellend. Helena leckte sie die Hand ab. „Wo ist Chloé? Bring uns zu ihr!" Chacha lief mit uns durch den Garten, schaute hinter jedem Busch und jedem Strauch, doch Cloé war nicht aufzufinden. Wir schlossen sorgsam die Tür zum Garten und winkten Chacha Adieu. Der Hund blickte uns durch die Scheibe traurig an. Auch wir konnten unseren Blick nicht lösen. Wir gingen in unser Zimmer, um zu packen. Dabei fiel mir die Zeitungsseite in die Hände, die in der Hundebox gelegen hatte, und ich begann zu lesen.

„Können wir nicht erst packen und dann lesen?", fragte Helena. „Der Abschied fällt mir so schon schwer genug."

Ich stellte mich neben Helena und zeigte auf einen Artikel über eine Frau, die vom Zug überfahren wurde und seitdem im Koma lag. Es passierte im Juni.

„Chloé", flüsterte Helena. „Die arme Chloé."

In der Zeitung war ein Foto von dem Unglück, jemand hatte es gleich nach dem Unfall mit seinem Handy gemacht. Chacha stand am Bahnsteig. Ein Selbstmordversuch, nahm die Polizei an. Chloé war nicht allein. Bei ihr war ein Mann. Sie hatten sich gemeinsam vor den Zug geworfen. Es gab Porträts von ihm und von Chloé in der Zeitung. Wir erkannten das Gesicht.

Vor der Terrassentür unterhielten sich zwei Zimmermädchen und ein Ober aufgeregt.

„Die arme Frau. Jetzt hat sie es hinter sich. Jetzt hat sie ihren Frieden gefunden."

„Dürfen wir fragen, wen Sie meinen?", sagte Helena, die ihre verweinten Augen hinter einer Sonnenbrille verbarg.

„Sie kennen Sie nicht. Das Ganze hat sich vor drei Monaten abgespielt. Ein Unglück."

Während sie erzählten, presste Chacha schweigend ihre kleine, schwarze Nase gegen die Tür und blickte uns durch die Scheibe an. Helena konnte sie nicht sehen, weil sie mit dem Rücken zur Tür stand. Ich nahm Helena in den Arm, drückte sie ganz fest an mich und sagte: „Da wartet jemand auf dich. Auf uns."

Sie blickte uns sanft aus ihren schwarzen Augen an. Helena kniete sich vor die Tür, drückte ihre Nase ebenfalls an die Tür, genau da, wo Chachas Nase sich befand.

Moskito

*»Falls du glaubst, dass du zu klein
bist, um etwas zu bewirken, dann
versuche mal zu schlafen, wenn eine
Mücke im Raum ist.«*

–   Dalai Lama

Die Erinnerung ist eine Katze. Sie schleicht sich un-
hörbar an, und schon ist alles wieder da, wie
hingezaubert. Es war kein guter Moment gestern.
Wirklich nicht. Fast wäre ich davongekommen, ich
hätte einfach gehen müssen. Aufstehen, in die Runde
winken, gehen. Genug getrunken hatte ich ja, ich wäre
da schon sauber rausgekommen. Niemand hätte gelacht oder gelästert. Jetzt sieht die Sache anders aus.
Eben kam die erste Message: „Hab ich das gestern
richtig verstanden und du bist seitdem schwul?"
Erschrocken habe ich „Nein" getippt. War vielleicht zu
knapp formuliert. „Kannst du ruhig zugeben, ich
kenne viele Schwule. Ich mag sie." Ich sparte mir die

Antwort. So würde das nichts werden. Wenn die anderen wieder klar wären, würden auch sie Fragen stellen. Wie konnte ich so unvorsichtig sein? Mein Sexleben ist doch bis dahin auf eine wohlwollende Art tabu gewesen. Bis sich die Katze Erinnerung angeschlichen hat, ausgerechnet mit dieser Geschichte, ausgerechnet in dieser Runde.

Gestern war Freundeskreis Corvey. Corvey steht für Corveystraße. Nach der Straße ist das Gymnasium benannt, auf dem wir alle vor 12 Jahren Abi gemacht haben. Wir treffen uns alle jedes Jahr – wer im Lande ist, kommt. Erst hat jeder über seinen Job erzählt, das war okay. Als das Thema Familie aufkam und Andreas über seine hochintelligenten und hypersensitiven Kinder referierte, wurde es langweilig. Ich war müde. Ich wollte gehen. Doch Kati, das einzige Mädchen in unserer Runde, legte mir die Hand auf die Schulter. „Bleib doch, Mats, gleich wird es lustig", sagte sie. Dann schlug sie vor, dass jeder jedem von uns eine Frage stellen darf, die dieser um jeden Preis ehrlich beantworten musste. Kein Herumreden, keine Ausflüchte. „Was ich dich schon immer mal fragen wollte ...", hieß das Spiel.

Es war tatsächlich lustig. Oder sagen wir lieber: Es fing lustig an. Jeder musste kleine Geheimnisse aus seinem Leben erzählen. Ich betone: kleine Geheimnisse. Wie wir unsere Geschwister tyrannisierten oder sie uns. Wie wir ein Hotelzimmer zu unserem Zimmer machten, etwa indem wir ins Waschbecken pinkelten. Doch Kati fragte forscher als die Jungs. „Warum hast du eigentlich nie eine feste Partnerin, Mats. Bist du heimlich schwul?" Das kam unerwartet. Es gab einen stillschweigenden Nichtangriffspakt unter uns, ich fragte sie ja auch nicht, warum sie jedes Jahr einen neuen Job hatte. Ob es wirklich immer am Chef lag. Das musste sie schon freiwillig erzählen. Oder eben schweigen.

Ich leierte meine Standardantwort auf diese Frage runter: „Weißt du doch, Kati. Ich habe bereits eine große Liebe, meinen Job."

„Keine Frauen, keine Männer, nichts?"

Schulterzucken.

„Warum? Erklär uns warum."

Und ich hörte mich sagen: „Hab ich euch mal von Florenz erzählt?"

Kopfschütteln. Neugierige Blicke, alle beugten sich vor.

„Lass hören", sagt Kati.

Und dann erzählte ich ihnen die ganze Geschichte über Florenz und Paulina und dieses verfluchte Insekt, das mein Sexleben auf dem Gewissen und mich zum Beziehungsfeind gemacht hat.

Paulina und ich begegneten uns in Florenz, im Juni 2005. Sie sah sich ein Gemälde an, den Kopf schräg auf die rechte Seite gelegt, eine Hand am Kinn. Sie trug ein schlichtes, schwarzes Kleid und Sandalen. Ihre Haut hatte die Farbe von Milch, ihre Haare waren lang, leicht gewellt und erdbeerblond. Sie bemerkte mich nicht, schien auch die anderen Menschen um sich herum nicht zur Kenntnis zu nehmen, die sich das Gemälde ansehen wollten. Das Bild war etwa zwei mal drei Meter groß. Die Göttin in der Jakobsmuschel hatte helle Haut und ebenso rotblonde Haare wie Paulina, sie war nackt. Ein paar Minuten stand Paulina vor ihr, ohne sich zu rühren. Dann löste sie plötzlich ihre Haltung auf und posierte wie die Venus im Bild, eine Hand auf der Brust, die andere im Schritt. Als ich sie so stehen sah, fand ich zum ersten Mal in meinem Leben eine Frau wirklich anziehend. Ich starrte sie an wie ein verliebter Teenager. Sie schien das zu spüren, drehte sich langsam zu mir und sagte: „Hey du, ja, du! Komm doch mal, bitte. Mach ein Foto von mir und der Göttin."

„Fotografieren verboten", flüsterte ich. Das war es zu der Zeit auch noch, da bin ich ganz sicher.

„Stell dich nicht so an. Der Aufpasser guckt gerade nicht. Los!"

Sie hatte eine dieser frühen Digitalkameras, das Display war so klein, dass ich fast nichts erkennen konnte, aber immerhin schwenkbar. Wir warteten, bis eine Gruppe Asiaten dem Aufpasser die Sicht versperrten, dann drückte ich ab.

„Geht doch."

„Ja, zeig mal!"

„Draußen."

Sie lief zum Ausgang und ich folgte ihr. Sie rannte quer über den großen Platz vor der Kathedrale. Ein plötzlicher Windstoß ließ die immer gleichen Florenzbilder der fliegenden Händler durcheinanderwirbeln. Wir liefen mitten hindurch. Bei der langen Menschenschlange mit den Besuchern des Doms hielt sie und setzte sich auf eine Steinbank.

„Wie findest du das Foto?"

„Ich ..." Ich war außer Atem und ziemlich aufgewühlt. Ich fand das Bild so sexy wie nie ein Bild zuvor.

„Kein Mann der Worte, oder?"

Ich zuckte die Schultern.

„Willst du ein Eis?"

Sie wartete die Antwort gar nicht ab, sondern lief zum Eisdiele gegenüber dem Dom. Ich verfolgte sie mit Blicken. Mir gefiel ihre Art, sich zu bewegen. Weich und fließend, nicht athletisch, sondern einfach nur weiblich.

„Hier ist das teuerste Eis deines Lebens. Das Geschenk einer unbekannten, rothaarigen Deutschen, die großzügig zu dir ist, weil sie dich ..." Sie senkte ihre Stimme: „... irgendwie süß findet." Ich überkreuzte meine Beine, damit sie nicht sehen konnte, wie sehr meine Hose plötzlich spannte. Ein Lächeln huschte über ihr Gesicht. Sie schien mich durchschaut zu haben.

„Stracciatella", sagte ich, „mein Lieblingseis."

Das Eis schmolz schneller, als wir es essen konnten. Sie sagte: „Ich wusste, dass du es mögen würdest.

Das nächste Mal nehme ich Becher. Was meinst du?"

Ich zerbrach mir schon die ganze Zeit den Kopf, was ich Kluges sagen konnte. Ich wollte eigentlich eine Anmerkung zum prächtigen Dom machen oder zu den Uffizien, aus denen wir gekommen waren, etwas, das mich als kulturinteressiert erscheinen lassen würde. Stattdessen sagte ich: „Hast du einen Freund?" Danach wollte ich meinen Kopf auf die Jahrhunderte alten Steinplatten schlagen, die gerade mein Eis aufgesogen hatten.

Zu meiner Überraschung antwortete sie: „Nö. Und du, hast du ein Mädchen?"

„Auch nicht."

„Ich bin Paulina." Sie lachte und streckte mir ihre eisverklebte Hand entgegen.

Ich weiß nicht, was mit mir los war an diesem Tag, ich konnte in ihrer Nähe nicht normal sein. Jedenfalls ignorierte ich ihre Hand und drückte meine Eislippen auf ihre.

Sie leckte sich die Lippen ab. „Lecker", sagte sie. „Deine Lippen sind erfrischend kühl. Meinst du, das ist okay, hier vor dem Dom der Heiligen Maria zu knutschen?"

„Draußen schon, drinnen weniger."

„Hm", sagte sie. „Muss jetzt los. Sehen wir uns morgen wieder, hier, um die gleiche Zeit?" Im Gehen drehte sie sich um, fragte: „Wie heißt du eigentlich?"

„Mats", rief ich und verfolgte, wie sie ins grelle Licht des Nachmittags tauchte.

Am nächsten Tag saß ich wieder auf der Bank. Es war glühend heiß. Ich war zu früh gekommen und beobachtete die Menschen in den Warteschlangen. Manchen schien es gar nichts auszumachen, eine Stunde anzustehen, um die Kirche zu betreten. Andere gingen vor und zurück, streckten sich, um zu sehen, ob es voranging, drehten sich um, um zu sehen, wie lang die Schlange hinter ihnen war. Ständig schraubten sie ihre Plastikwasserflaschen auf und zu oder nestelten an ihren Rucksäcken. Dieses Verhalten war mir damals vollkommen fremd, diese Nervosität. Eigentlich. Aber je länger ich die Menschen beobachtete, desto mehr übertrug sich diese Unruhe auf mich.

„Hot, hot, hot", seufzte eine ältere Dame und setzte sich neben mich, während ihre Kinder den Platz in der Warteschlange verteidigten.

Um mich zu beruhigen, schloss ich die Augen und erinnerte mich, wie kühl es in dem riesigen Dom gewesen war, vor einer Woche, als wir ankamen, Friederike, Jan und ich. Ich liebte die Ruhe und Schlichtheit. Am Ende hatte ich eine Kerze für meinen Vater angezündet und dabei zugesehen, wie sie abbrannte.

Ich dachte an Paulina. Stellte mir ihr Gesicht vor, ihren Körper. Ich fragte mich, ob sie eigentlich mein Typ wäre. Ich hatte diesen Tick, dass eine Frau mein Typ sein musste, sonst interessierte sie mich nicht. Paulina war nicht mein Typ. Rein äußerlich zumin-

120

dest. Ich mochte kleine, hellblonde Frauen mit dunklem Teint. Was die inneren Werte anging, war mein Typ nicht so klar definiert, sie sollte einfach zu mir passen. Das war mehr ein Gefühl als eine Formel, etwas, das sich schwer in Worte fassen ließ. Paulina passte zu mir, davon war ich überzeugt. Sagen wir, wie es ist: Ich wollte um jeden Preis in der Welt mit ihr schlafen.

Lag es an dem Gemälde, vor dem wir uns begegnet waren? Hatte es seinen Zauber über sie gelegt? Beide, die Göttin und sie, hatten diese helle Haut, fast wie Statuen. Aber Paulinas Proportionen gefielen mir besser. Ihre Augen waren wacher, strahlend blau die Pupille, das Innere des Auges sehr weiß, fast wie bei einer Comicfigur. Ihre Lippen waren ebenfalls schön geschwungen, der Mund etwas größer als der der Venus, das Kinn immer leicht geneigt. Auch sie hatte einen langen Hals. Hatte ich mich in das Abbild einer Renaissanceschönheit verguckt? Ich fragte mich, wie sie wohl Fredrike und Jan gefallen würde. Aber die würden sie nicht sehen, die gingen ja jeden Tag in die Italienischstunden, die ich schwänzte.

Als ich meine Augen öffnete, saß Paulina neben mir. Sie schwieg, hielt ihren Kopf schräg und sah mich ernst an. Ich fühlte mich ertappt, als wenn sie meine Gedanken lesen würde, die ganze Zeit schon meine Gedanken gelesen hätte.

„Heute ist der heißeste Tag des Jahres. Lade mich auf eine Orangina mit viel Eis ein."

Wir setzten uns nicht wie die Touristen in die glühende Hitze, gegen die auch die Sonnenschirme nichts ausrichten konnten. Im Café war es kühler, aber ich klebte immer noch auf dem Stuhl fest. Sie drückte das kalte Glas an ihren Unterarm.

„Verbrannt?"

„Moskito."

„Juckt es?"

„Höllisch."

„Manche Menschen stechen sie, manche Menschen nicht."

„Ich gehöre zur ersten Gruppe. Eins dieser Mistviecher war heute Nacht in meinem Zimmer."

„Hast du's erledigt?"

„Du solltest den Blutfleck an meiner Wand sehen."

„Ich werde nie gestochen", übertrieb ich.

„Komm", rief sie, „lass uns in den Palazzo Vecchio gehen."

Sie nahm mich an der Hand und zog mich am Dom vorbei über den Platz. Eine Kutsche mit einem Hochzeitspaar kreuzte unseren Weg.

Sie rief: „Stell dir vor, du müsstest bei so einer Hitze heiraten."

„Kommt drauf an, wen."

„Mich zum Beispiel", sagte sie lachend.

„Wir würden barfuß gehen und die Füße in den Trinkeimern der Pferde kühlen."

Im Palazzo war es angenehm kühl. Wir hielten uns nicht damit auf, den *Saal der 500* zu bestaunen oder andere prächtig verzierte Räume. Paulina ging zielstrebig vorweg, sie sah nicht nach links, nicht nach rechts.

„Ich will auf den Turm", sagte sie. „Der Aufgang kommt am Ende des Rundgangs, hat man mir gesagt."

Ein Student kontrollierte unsere Tickets, dann stürmte sie die Treppen hinauf.

„Wer zuerst oben ist!"

Heute hätte ich sie eingeholt, selbst bei der Hitze, heute bin ich trainiert. Damals war ich es nicht. Ich trieb kaum Sport, rauchte gelegentlich und fand es sowieso schlauer, sie gewinnen zu lassen. Sie lachte, als ich außer Atem oben ankam.

„Schau dir die Aussicht an!"

Ich musste mich auf die Mauer stützen. Mein Poloshirt war voller Schwitzflecken, mir tropfte der Schweiß von der Stirn. Sie dagegen sah vollkommen erfrischt aus. Nach einigen Minuten konnte ich den Blick über die roten Dächer zu den weichen Hügeln am Rande der Stadt genießen.

„Schau mal, das Gewusel der Menschen unten auf dem Platz. All die Schulklassen und Reisegruppen, die täglich hier einfallen. Die arme Stadt."

Sie machte Fotos. Ich mochte den Wind und die Stille hier oben, der Verkehr nur noch ein Murmeln.

Wir waren fast allein, bis auf den Aufpasser und ein asiatisches Pärchen. Ich zog sie in eine Ecke und küsste sie. Es war der längste Kuss meines Lebens. Er hätte ewig dauern können.

„Heute ist mein letzter Tag in Florenz", sagte sie. „Gehen wir heute Abend gemeinsam essen?"

„Ja, das tun wir." Einer Eingebung folgend hängte ich noch einen Satz dahinter: „Und dann verbringen wir eine Nacht zusammen."

„Ja", entgegnete sie, „das tun wir."

Ich bebte, als sie das sagte. Das mag seltsam klingen, aber so war es. Ich hatte das Gefühl, als würden von meinem Penis aus Wellen durch meinen Körper pulsieren. Zugleich befiel mich Unbehagen. Ich hatte noch nie mit einem Mädchen geschlafen. Es hatte sich einfach nicht ergeben. Ich dachte: Vielleicht wird sie es bemerken. Meine Hose spannte. Sie blickte schweigend zu meinem Schritt, als wenn sie jeden meiner Gedanken lesen konnte.

Dann rannte sie zur anderen Seite des Turms und zeigte mit dem Arm hinunter.

„Siehst du den Arno? Dahinter liegt Oltrarno. Und da, siehst du, direkt am Fluss unter den Bäumen, da werden wir heute Abend essen. Easy Living heißt das Restaurant. Kannst du dir das merken?"

„Sollte klappen."

„Sei um 20 Uhr dort. Ich reserviere einen Tisch."

Paulina erwartete mich. Sie trug das schwarze Kleid, das sie bei unserer ersten Begegnung getragen hatte, und eine schlichte schwarze Kette um den Hals. Sie winkte mir zu und küsste mich freundschaftlich zur Begrüßung. Vor ihr lag ein Buch. *Gefährliche Geliebte* war der Titel, ich kannte es nicht.

„Es ist nicht, was du denkst", sagte sie.

„Was denke ich denn?"

„Sicherlich nicht, dass es eine romantische Liebesgeschichte ist. Sie spielt in Japan. Ein Mann trifft seine Jugendliebe wieder und verliebt sich erneut in sie. Und sie verliebt sich in ihn."

„Wie endet es?"

„Lies das Buch selbst."

Wir saßen unter Platanen, oberhalb des Arno, der gemächlich dahinfloss. Dahinter lag die Altstadt von Florenz. Das Restaurant war eigentlich ein Biergarten. Zwei Container, kunstvoll mit gewelltem Holz verziert, dienten als Bar und als Küche. Dazu quadratische Holztische, Plastikstühle, eine einfache Karte mit Pizza und Pasta und freundliche, sehr junge Kellnerinnen und Kellner. Alles open air.

„Bringen Sie uns zwei Negroni, bitte", sagte Paulina zur Kellnerin.

Während wir anstießen füllte sich das Restaurant mit gutaussehenden, lässigen Florentinern. Sie redeten und lachten und tranken wie wir meist Cocktails.

„Ist es nicht schön hier?", fragte sie.

„Ich mag die Atmosphäre."

„Und den Negroni?"

„Ganz schön bitter. Ziemlich viel Alkohol, oder?"

Sie schüttelte den Kopf und lachte.

Wir bestellten Pizza und eine Flasche Weißwein, dazu eine Schale Eiswürfel. Es war kaum kühler geworden. Geblendet von der Sonne hinter ihr, sah ich nur Paulinas Silhouette, ein goldenes Traumbild.

„Mats hat eine Erleuchtung", sagte sie.

Ich blinzelte.

„Was machst du eigentlich so?"

„Ich bin hier, um Italienisch zu lernen. Mit zwei Freunden. Wir bleiben einen Monat."

„Und sonst?"

„Rumhängen."

„Keinen Job, kein Studium?"

„Alles zu seiner Zeit."

„Wo lebst du?"

„In München. Und du?"

„Hamburg."

„Was machst du?"

„Ich studiere Philosophie – und Psychologie. Und ein bisschen Kunst. Geschichte. Literatur noch, am Rande."

„Hier?"

„Hier studiere ich das süße Leben."

„Schon lange?"

„Ein paar Wochen."

„Du kennst dich gut aus."

„Freunde leben hier. Sie sind gerade auf Sizilien."

Die Sonne befand sich genau hinter ihr. Ein roter Ball über der Ponte Vecchio. Ihre Haare leuchteten wie die eines Engels oder irgendeines heiligen Wesens, ihre Konturen waren ganz weich. Sie erschien mir so schön, dass ich wegsehen und Tränen aus meinen Augen wischen musste.

„Weinst du etwa?"

„Quatsch."

Wir schwiegen eine Weile und schauten uns den Sonnenuntergang an. Das Wasser des Arno glitzerte wie flüssiges Silber. Irgendwann verschwand die Sonne hinter dem Turm des Palazzo Vecchio, auf dem wir uns heute geküsst hatten. Auf der Straße fuhren zwei Motorräder ein Rennen, der Wind rauschte in den Platanen, es roch nach einem Feuer, das unten am Arnostrand brannte. Kinder tanzten dort. Die Mädchen schlugen Räder und die Jungen schubsten sie.

„Noch eine Nachspeise?", fragte der Keller.

Wir bestellten Tiramisu und teilten es uns.

Irgendwann fragte sie: „Mit wie vielen Frauen hast du schon geschlafen?"

Sag irgendeine Zahl, aber auf keinen Fall die Wahrheit, warnte meine innere Stimme.

„Mit gar keiner."

„Interessant. Wie alt bist du?"

„20." Ich fühlte die Röte in meinem Gesicht aufsteigen. „Es war noch nicht die Richtige dabei."

„Bin ich vielleicht die Richtige?"

„Das bist du."

„Wie kannst du das wissen, wir kennen uns doch kaum?"

„Intuition."

„Bitte nimm du den letzten Löffel, ich kann nicht mehr."

Während ich den Becher Tiramisu leerte, blickte sie mich wieder so an wie am Tag zuvor – die Hand am Kinn, den Kopf schräg.

„Und du, mit wie vielen Männern hast du geschlafen?"

Ich wollte es unbedingt wissen, aber zugleich hatte ich Angst vor der Antwort.

„Es waren schon ein paar. Ich bin auf der Suche."

„Suche?"

„Genau. Ich suche den idealen Partner."

„Für ... Sex?"

„Auch", lachte sie. „Und ich habe das Gefühl, du könntest es sein, Mats."

Sie beugte sich über den Tisch und küsste mich lustvoll. Dabei streichelte sie meinen Hals.

„Bist du etwa eben ...?"

Ich atmete tief ein.

„Was war denn das für ein Kuss?"

Es fühlte sich ziemlich eklig an mit dem Sperma in der engen Unterhose. Zum Glück trug ich eine Jeans und nicht die weiße Hose, die ich ursprünglich hatte anziehen wollen.

„Entschuldigst du mich, bitte."

„Gleich. Aber erstmal bin ich dran. Küss mich so, wie ich dich eben geküsst habe."

Ich gab mir größte Mühe, aber es lief wie beim ersten Mal.

„Schon wieder?"

„Ich muss jetzt wirklich auf die Toilette."

Als ich zurückkam, brannten bunte Lichterketten zwischen den Bäumen. Paulina saß in blauem Licht.

„Geht es wieder?"

„Ich hätte eine Unterhose zum Wechseln mitnehmen sollen."

„Hättest du."

Sie führte ihre Finger zwischen ihre Schenkel und strich sie danach über meine Wange. „Spürst du es? Ich bin kühl. Selbst hier im überhitzten Florenz. Kein Mann hat das … Komm, wir gehen zu mir!"

Wir gingen am Arno entlang und folgten einer Straße, die einen Hügel empor führte. Die Straße war kurvig und von Platanen gesäumt, die Villen, die hinter Hecken und kunstvollen Zäunen standen, waren Paläste. In einer von ihnen befand sich Paulinas Hotel.

Sie hatte das Zimmer unter dem Dach. Es war stickig, klein und einfach eingerichtet. Auf dem Boden lag ihr gepackter Koffer. Sie riss das Fenster auf und schob die Fensterläden nach außen. Das Fenster ging zum Hof. Draußen war es dunkel geworden und die Zikaden sangen. Sie steckte ein seltsames Gerät in die Steckdose, sollte gegen Moskitos helfen.

„Lass uns kalt baden", sagte sie.

Während das Wasser einlief, summte sie ein Lied. Ich saß in einem kleinen Sessel und hörte ihr zu.

„In dem Buch, das ich gerade lese, sagt die Frau

‚Können wir beim ersten Mal so zusammen schlafen, wie ich es mir wünsche?' Können wir das auch so machen, Mats?"

„Ja."

„Dann zieh dich aus und leg dich in die Wanne."

Das Wasser war kühl, aber nicht kalt. Sie zündete im Bad eine Kerze an, setzte sich zu mir auf den Badewannenrand und betrachtete meinen Körper.

„Du bist jetzt abgekühlt, aber die Erregung ist noch da", bemerkte sie wie eine Wissenschaftlerin, die gerade ein Experiment durchführte.

„Offensichtlich."

Erst hatte ich versucht, meine Erektion mit den Händen zu verbergen, doch je länger ich dort lag, desto weniger störte es mich.

„Komm zu mir, Paulina."

Sie zog sich aus uns drückte ihren Körper an die Kacheln der Badezimmerwand. Die Kacheln waren so hell wie ihre Haut, ihre roten Haare und ihre blauen Augen leuchteten.

„Komm du doch zu mir", flüsterte sie.

Ich küsste und streichelte ihre schönen Brüste. Ihre Haut war ganz weich. Ihre Augen waren geschlossen. Sie schien in einer anderen Welt zu sein, vollkommen abwesend. Ich drückte sie fester an die Wand. Als ich in sie eindrang, war es wie nach Hause kommen. Ich kann es nicht besser beschreiben. Nie zuvor war ich glücklicher, als in diesem Moment – und nie wieder danach. Wir rührten uns nicht, standen einfach da. Es war wie ein Traum, den wir gemeinsam träumten.

Wenn es die Möglichkeit gäbe, das Schlussbild seines Lebens frei zu wählen, ich hätte genau dieses Bild gewählt. Paulina und ich im Kerzenlicht, an die Kacheln ihres kleinen Badezimmers gedrückt.

Sie schob mich sanft von sich.

„Lass uns ins Bett gehen."

Kaum lagen wir in den weißen Laken, war ein Summen zu hören. Ich tat so, als wenn ich es nicht gehört hätte, doch sie erhob sich.

„Hast du das gehört?"

Ich schwieg.

„Ich meine das Summen. Hör genau hin!"

Da war es wieder, ein Summen neben meinem Ohr. Instinktiv schlug ich mit der Hand dorthin.

„Jetzt hast du es auch gehört, nicht wahr? Da ist ein Moskito, ein verdammter Moskito."

„Wird schon wieder verschwinden", versuchte ich sie zu beschwichtigen.

„Mats, sei nicht naiv. Der verschwindet nicht. Der will Blut. Mein Blut. Immer wollen sie mein Blut."

„Wollen wir nicht erstmal, es war doch gerade so schön ..."

Sie ließ mich gar nicht ausreden, sprang aus dem Bett, ging ins Bad und kam mit einem weißen Frotteehandtuch zurück.

„Mach die Leselampe an", befahl sie.

Sie begann, nackt durchs Zimmer zu tanzen, schlug gegen die Wände, den Schrank, die Türen. Sie stieg aufs Bett und sprang auf und ab, wie auf einem Trampolin, um näher an die Decke zu kommen, wo sie den Moskito vermutete. Zu sehen war er nur schwer. Sie beschimpfte ihn, erklärte, dass seine Chancen gleich Null wären, ihr Blut heute Nacht zu trinken, es sei denn, er wollte es mit seinem Leben bezahlen.

Ich hatte mich inzwischen aufgesetzt und die Knie zur Brust gezogen. Ich beobachtete ihren weißen Körper und seinen Schatten an der Wand gegenüber. Noch war ich wie in Trance, benommen von dem Glück. Was passierte, erschien mir unwirklich, wie eine komische kleine Unterbrechung unseres Liebesspiels. Ich fragte mich, was bei dieser wilden Moskitojagd wohl als nächstes zu Bruch gehen würde, das Kreuz an der Wand, auf dem der Moskito sich versteckt hatte, war gerade auf den Terrazzoboden geknallt. „Das fällt dir ein, du Blutsauger, dich hinter dem Kreuz zu verstecken. Stell dich, Feigling! Ich kriege dich sowieso." Ich schmunzelte über ihre Wildheit und dachte, sie wird ihn gleich erledigt haben, dann gehört sie wieder dir.

Ich hörte den Moskito neben meinem Ohr, schlug ihn weg, sah, wie er direkt zwischen ihre Beine flog. „Oh", stöhnte sie und warf mir einen überraschten Blick zu. Lächelte, wirkte dabei traumverloren. Nun wippte sie schweigend auf und ab. Sie schlug nicht mehr mit dem Handtuch, nur das monotone Wippen und ein leichtes Stöhnen. Sie stoppte abrupt, ließ das Handtuch fallen und krümmte ihren Körper nach vorn. „Du Biest", hauchte sie. Sie wimmerte und wisperte, die Augen geschlossen. Ihre Brustwarzen leuchteten im schwachen Licht der Leselampe, ich war ganz benebelt von der Wärme und dem Alkohol. Jetzt stand sie wieder da wie die Göttin aus dem Gemälde, eine Hand drückte sie gegen ihre Brust, die andere presste sie zwischen die Schenkel. Sie zitterte, dann schrie sie so laut, als wolle sie sämtliche Gäste wecken, und ließ sich ins Bett fallen. Sie atmete sehr schnell. Ich spürte, wie die Nacht mir entglitt.

Nach einer Weile öffnete sie ihre Augen. Sie lächelte verklärt und zog mich zu sich.

Es war schön, aber es war nicht mehr so wie am Anfang. Es konnte nicht mehr so sein, nachdem sie sich einer Stechmücke hingegeben hatte, einer Stechmücke, die sie genau an ihrem wundesten Punkt angegriffen hatte, dort, wo sie kühl war und sich nichts sehnlicher gewünscht hatte, als heiß zu sein, heiß und verklebt. Ich war nur zweite Wahl. Ich schlief mit der perfekten Frau für mich, aber ich empfand nichts mehr.

Den Zettel mit ihrer Adresse und Telefonnummer, den sie mir zum Abschied gegeben hatte, warf ich in einen Mülleimer, während ich die Platanenallee wieder Richtung Altstadt ging. „Bitte melde dich, wenn du wieder in Deutschland bist", hatte sie gesagt und mich zärtlich zum Abschied geküsst. Und dann hatte sie gefragt: „Hast du es schön gefunden, dein erstes Mal?"

Das Easy Living war geschlossen. Ich setzte mich auf die Mauer, die entlang des Arno führte, und blickte über den Fluss auf die Altstadt. Meine Gedanken standen still. Immer wieder dieses Bild der wippenden und wimmernden Paulina. Bei mir war sie wieder die Kühle. „Entschuldige", hatte sie gesagt, „der Alkohol." Dann eine kurze, ungemütliche Stille. Wir wussten beide, woran sie dachte.

Als sie mich zur Tür brachte, war sie auf das Kreuz am Boden getreten. „Oh", hatte sie gesagt. Das war alles. Etwas in mir begann, sie für dieses Oh zu hassen. Ich dachte, wenn es das ist, was Frauen wirklich wollen, dann will ich es nicht mehr.

Ein Jahr lang wiederholte sich diese Szene in ihrem Zimmer Abend für Abend, vor dem Einschlafen in meinen Gedanken. Immer die gleichen Bilder. In dieser Zeit hatte ich keine einzige Frau.

Drei Jahre nach unserer Begegnung in Florenz traf ich sie durch Zufall wieder. Es war im Winter auf einem Wochenmarkt. Ich studierte mittlerweile in Hamburg, Biologie. Ich erkannte sie sofort, ihre schönen erdbeerblonden Haare, ihre helle Haut, den sinnlichen Mund. Sie trank Glühwein an einem Stehtisch. Ich wollte auf der Stelle umdrehen, doch sie hatte mich erkannt und rief meinen Namen. Ich wusste nicht, wie ich sie begrüßen sollte, also stand ich einfach nur vor ihr. Sie lächelte und küsste mich auf beide Wangen. Ihre Lippen waren weich und warm. Wir fanden heraus, dass wir im selben Viertel wohnten, noch keine Kinder hatten und seitdem nicht mehr in Florenz gewesen waren.

„Warum hast du dich nicht gemeldet, Mats?", fragte sie schließlich schüchtern.

Ich schwieg und vergrub meine Hände in den Taschen des Parkas.

„Ich habe jeden Tag auf deinen Anruf gewartet."

„Zettel verloren", murmelte ich.

„Paulina Engel. Konntest du dich nicht einmal an meinen Namen erinnern? Du hättest beim Hamburger Einwohnermeldeamt fragen können ..."

Ich atmete aus, der Atem gefror.

„Mach's gut", sagte ich und wollte gehen.

„Du hast gesagt, ich bin die Richtige. Du hast gesagt, wir würden unsere Füße bei der Hochzeit in den Trinkeimern der Pferde kühlen ..."

Ihr Gesicht glänzte, ich glaube, sie weinte.

Ich hatte einen Kloß im Hals. Hier stand ich mit der einzigen Frau, die ich je geliebt und begehrt hatte, wenn auch nur für kurze Zeit, und ich liebte sie an diesem Wintertag in Hamburg noch genau so wie damals. Aber ich begehrte sie nicht mehr. Ich konnte ihr diese Nacht nicht verzeihen. Ich konnte ihr auch meine Wehmut nicht erklären, wenn ich sie ansah.

Wie ich immer wieder versucht hatte, das Bild von ihr und dem Moskito abzuschütteln, mir zu sagen, ist doch nichts gewesen, Mats, stell dich nicht so an. Wie oft ich in Gedanken zurück in dieses schmale Bett gegangen war, in dem kleinen Zimmer unter dem Dach des Palazzo an der gewundenen Platanenallee. Wie viele Szenen ich im Geiste durchgespielt hatte – bis hin zu der, sie zu finden und ihr einen Heiratsantrag machen. Aber es war nun mal so, wie es war.

Sie hatte den Kopf auf die Seite gelegt und ihr Kinn auf eine Hand gestützt. „Warum sprichst du es nicht aus?", fragte sie mit zitternder Stimme. „Warum sprichst du es nicht endlich aus?"

Es begann zu schneien, ein Mann kam mit einem Glühwein und blickte sie erschrocken an. Er nahm Paulina in den Arm. Sie waren ein schönes Paar.

„Man sieht sich", sagte ich und ging.

Und während Kati und all die anderen auf dem Abitreffen mich fassungslos anglotzten, schloss ich: „Ich war dumm genug, meinen Traum von der perfekten Frau von einem Lebensalter ins nächste zu tragen. So bin ich. Aber ich habe noch keine wie sie gefunden. Keine, die sagt: ,Hey du, ja, du! Mach ein Foto von mir und der Göttin.'"

Dann verabschiedete ich mich in die laue Hamburger Sommernacht.

Schwarzer Hund

»Hunde sind unsere Verbindung zum Paradies. Sie kennen weder Sünde noch Eifersucht noch Unzufriedenheit.«

– Milan Kundera

Ich kann Ihnen nicht folgen. Bitte seien Sie doch etwas ausführlicher.

Gern. Zuvor vielleicht eine Frage. Es geht um die Anrede. Die ganze Zeit, Sie merken es sicherlich, drücke ich mich schon um eine direkte Anrede. Jetzt, wo ich das Sie ausgesprochen habe, da erscheint es mir so kalt. So distanziert. Darf ich wohl Du sagen? Nie habe ich es jemandem so schnell angeboten, aber in dieser Situation scheint es mir die einzig richtige Anrede. Sollte ich mich irren – das Sie ist ja vom Du genauso weit entfernt wie das Du vom Sie.

Ich heiße Gabriela. Bitte lassen Sie uns beim Sie bleiben und die Vornamen verwenden.

Oder so. Ich heiße Mia. Das kommt von Mirjam und bedeutet die Widerspenstige. Ich heiße aber nicht Mirjam, sondern nur Mia. Man kann sich seinen Namen nicht aussuchen, richtig? Mein Leben lang war ich die einzige Mia, in der Familie, der Schule, der Arbeit. Häufig wurde über den Namen gelacht. Mia, Mia, sagten die Leute, das klingt wie ein halb fertiger Name, wie ein Fast-Miau, wie ein falscher Ton aus einer italienischen Tonleiter. Genau so habe ich mich auch die meisten Stunden meines Lebens gefühlt: wie ein falscher Ton. Unpassend. Unerwünscht.

Jetzt fühle ich mich gleich noch wohler. So ein Innenraum eines Autos hat einfach etwas Intimes, wie ein gemütliches Wohnzimmer. Wir sitzen hier wie alte Freunde, nicht wie zwei Frauen, die sich erst seit wenigen Minuten kennen. Gabriela und Mia. Ach, wie das Leder duftet! Darf ich vielleicht fragen, was Sie ... also ... warum Sie gekommen sind?

Ich bin Ihr Shuttle.

Mein Shuttle? Aber ich habe doch gar keinen Shuttle bestellt. Ich habe nur – gewartet. Und Sie sind ...?

Vertrauen Sie mir, Mia. Das ist Ihr Shuttle und ich bin Ihr Escort Service.

Eine ... Prostituierte? Gibt es hier im Auto eine versteckte Kamera? Hallo! Fast wäre ich hereingefallen. Sie sehen nicht nur schön aus, Sie haben auch Humor. Escort Service! Und wohin eskortieren Sie mich?

Ich bringe Sie nach Hause.

Nach Hause? Sie kennen den Weg?

Ja. Erzählen Sie weiter, Mia.

Die Parkplätze, ich mag sie einfach, ich mochte sie schon immer. Supermärkte oder Einkaufszentren langweilen mich furchtbar, doch die Parkplätze davor, sie ziehen mich an wie andere Menschen schön dekorierte Schaufenster. Als Kind konnte ich stundenlang Autos beobachten, ihr Kommen und Gehen erschien mir wie ein magischer Tanz. Ich starrte auf die Einfahrt und hoffte insgeheim darauf, dass eines Tages ein Auto neben mir halten würde. Dass eine Tür sich für mich öffnet. Dass ich mit quietschenden Reifen in ein neues, aufregendes Leben entführt werde. Davon habe ich als Mädchen geträumt, seit ich bei dieser Pflegefamilie leben musste. Ich habe mir nichts sehnlicher gewünscht.

Sie warteten auf Entführer?

So war es. Nach der Schule stand ich als aufmerksame Beobachterin am Rande eines großen Parkplatzes, ging auf und ab, freundlich lächelnd, wenn mir die Leute sympathisch erschienen. Dazu nickte ich und kniff mein linkes Auge zu – ein Zeichen, dass ich mit meiner Entführung durchaus einverstanden wäre. Manche Menschen lächelten zurück, sagten freundlich „Hallo". Manche fragten nach meinem Namen. Manche streichelten mir über den Kopf. Doch niemand öffnete je eine Tür für mich.

Es war ein Rätsel: Ständig gab es in der Welt Entführungen, warum nur wollte mich niemand haben? In so vielen langen Nächten habe ich mir das Gehirn zermartert und nach einer Ursache gesucht. Mein Aussehen? Nein. Ich war blond, Mädchen mit heller Haut waren begehrt. Und meine braunen Augen – durchaus etwas Besonderes, das habe ich als kleines Mädchen schon gewusst. Ein reizvoller Kontrast. Und ich war immer schlank. Niemand musste mit übergroßen Portionen beim Essen rechnen. Meine Kleidung unterstrich meinen Geschmack. Ich habe schon damals einen recht guten Geschmack gehabt, am liebsten trug ich Jeans mit blau-weiß gestreiftem Matrosenpullover. Ich fand das irgendwie weltgewandt.

So genau ich mich im Spiegel betrachtete, ich fand nur einen Makel: Für mein Alter war ich sehr klein, die Kleinste in meiner Klasse. Es verging auch kein Tag, an dem meine Pflegemutter – ihr Name ist übrigens Beatrice – nicht auf diesen Makel hinwies. Sie sagte immer wieder die gleichen Worte: „Mia, du bist hübsch, du bist gescheit. Wenn du nur nicht so klein wärest!" Alles konzentrierte sich auf die Frage: Wurden kleine Menschen nicht entführt? Schließlich gelangte ich zu der Überzeugung, dass es exakt so sein musste. Größe war ein Glücksversprechen. Was klein war, war zweitklassig oder gar nichts wert. In einer Fernsehsendung über erotisches Kapital und die wirklichen Anziehungskräfte von Menschen fand ich die Bestätigung.

Wie groß sind Sie denn, Mia?

Ich bin 1,60 Meter. 1,57 und einen halben Zentimeter, genau genommen. Damals war ich kleiner, fast eine Zwergin. Ich hatte erst mit sechzehn einen Wachstumsschub. Es war eine ausweglose Situation. Einen Pigmentfleck auf der Stirn hätte ich überschminkt, gegen schlechte Augen hätte ich Kontaktlinsen getragen, ein Bäuchlein hätte ich eingezogen. Doch wie sollte ich größer werden, ohne mich auf kipplige hohe Hacken zu stellen und im entscheidenden Moment vielleicht zu stürzen? Sie müssen wissen, Gabriela: Es fiel mir nicht schwer, meinen Makel auszugleichen, man brauchte mir nur etwas Aufmerksamkeit schenken. Ich war unterhaltsam, wortgewandt, witzig und überaus bereichernd für Gesellschaften. Sobald ich sprach, konnte jeder erkennen: Ich spielte in der Liga der außergewöhnlichen Mädchen, obwohl ich so klein war. Meine Größe ließ sich nicht in Zentimetern erfassen, ich war geistreich. Doch niemand öffnete je eine Autotür für mich. Niemand zog mich in ein neues Leben.

Das habe ich verstanden. Wie ging es weiter?

Am Ende eines Sommers beschloss ich aufzugeben. Es gab keinen besonderen Anlass. Ich wachte auf und wusste: Es ist vorbei. Ich blieb den Parkplätzen fern, vergaß die Tänze der Autos und das Lächeln potenzieller Entführer. Ich wurde wie alle anderen, nannte meine Träume Träume, meine Sehnsucht Sehnsucht, mein Warten vertane Zeit.

Und doch bestimmten meine Träume mein Leben mehr als alles andere. Ich träumte und wartete. Alles, was ich tat, war vorläufig und ohne Leidenschaft. Nichts war gut genug. In mir schlief weiterhin die feste Überzeugung, dass ich für ein anderes Leben geboren war. Mann, Kinder, Freunde, nichts blieb mir, nichts wollte ich halten. Ich stand immer auf der Schwelle. Ich wartete, erwartete. Etwas fehlte, so sehr, dass ich jeden Morgen beim Aufstehen diesen Stich in meinem Herzen fühlte und jeden Abend beim Schlafengehen wieder. Morgen, sagte ich mir. Morgen, Mia, ist der erste Tag deines Lebens. Seit gestern Nacht, seit der Hund ... Darf ich wohl von den schwarzen Oliven nehmen und den Crackern?

Die sind nur für Sie, Mia.

Vielen Dank – sie sind vorzüglich. Der Wein ist auch sehr gut.

Es ist ein Grauburgunder. Er hat sich als Escort-Wein bewährt, genau wie dieser Cadillac.

Ein Cadillac. Das Wort hat einen schönen Klang.

Waren es schlechte Menschen in Ihrer Pflegefamilie?

Nein. Nur es war nie meine Familie. Sie sahen mich niemals, wie ich wirklich war. Einige Monate vielleicht. Doch dann änderte sich alles. Sie betrachteten mich als Klotz am Bein. Von ihnen kam keine Wärme. Sie konnten keine Kinder bekommen und glaubten, ich würde die Lösung sein. Dann fanden sie heraus, dass sie ihr Leben nicht so leben konnten, weil auch ich Wünsche hatte. Sie wurden mürrisch und spitzfindig. Mein Glas stand immer am falschen Platz, mein Zimmer war nie ordentlich genug, meine Musik war zu laut, meine Haare zu schlecht gekämmt, mein Gang zu wenig grazil, meine Haltung bei Tisch nicht aufrecht genug, mein Lachen zu breit, zu schmal, zu hoch, zu tief, zu schwarz, zu weiß, zu bunt.

Trotzdem mochte ich Beatrice und Heiko, sie waren keine schlechten Menschen. Heiko war sogar sehr lieb zu mir, wenn Beatrice nicht zugegen war. Er sprach nicht viel. Er nahm mich in den Arm und hielt mich schweigend. Er war der einzige Mensch zu dieser Zeit, der mich halten durfte, alle anderen stieß ich fort. Manchmal weinte er. Manchmal lachte er auch. Er hatte eine Neigung zur stillen Schwermut und zur übersteigerten Freude. Eigentlich gab es zwei Heikos. Ich mochte beide, beide mochten mich.

Ich war nur die ersten Jahre wirklich in der Welt. Dann ging ich dem Leben verloren. Meine Kindheit war nur ein Traum. Auch mein Erwachsenendasein ist nur ein Traum. Ich schwebte immer über allem wie ein Geist. Nie glücklich, nie zufrieden. Als Kind nicht mit den Kindern. Als Erwachsene nicht mit den Erwachsenen. Als Liebende nicht mit den Geliebten. Wenn ich ganz in mich selbst hinunterstieg, dann war da niemand außer mir, ich saß allein in der der Finsternis.

Ich malte mir meine Zukunft niemals aus. Nur ein Bild hatte ich vor Augen: einen scheinbar endlosen weißen Strand. Einen Strand wie den, an dem ich den letzten Sommerurlaub mit meinen Eltern verbracht habe. Meine Zukunft roch nach Meer. Manchmal frage ich mich, ob Heiko und Beatrice nicht auch ein wenig dazu beigetragen haben, dass ich so war wie ich war. Aber das ist ja alles schon so lange her ...

Und das Jetzt, Mia?

Entschuldigen Sie, ich habe wohl den Faden verloren. Nie zuvor habe ich darüber gesprochen. Wenn Sie erlauben, erzähle ich kurz zu Ende. Das Jetzt ist nur noch wenige Worte entfernt. Beatrice malte wie alle Frauen Fragezeichen an meine Existenz. Sie konnte mich mit ihren Knopfaugen so kritisch ansehen wie einen Joghurt im Kühlschrank, auf der Suche nach dessen Verfallsdatum. So fing es an, mit den Parkplätzen und mir. Das war jetzt vielleicht etwas zu ausführlich, oder? Aber sonst lässt sich das Jetzt nicht verstehen. Also mein Jetzt. Haben Sie noch Fragen?

Nein. Lassen Sie uns in die Gegenwart gehen.

Sie reden ein bisschen wie meine Ex-Psychologin. Ich hoffe, das beleidigt Sie nicht, Gabriela. Manches, was Sie sagen, klingt, als wenn Sie es von einem Skript ablesen würden.

Stört Sie das?

Ich weiß nicht.

Gut, dann machen wir doch einfach weiter.

Wo waren wir? Pardon, mir ist gerade der Faden gerissen.

Die Gegenwart.

Ach, die Gegenwart! Es war die Diagnose. Sie kam vor einigen Wochen, und mit ihr kam der Rollstuhl. Ich beschloss, für die Zeit, die mir bleibt, Kind zu sein. So fand ich mich wieder auf Parkplätzen, lächelte, kniff das linke Auge zu wie damals, betrachtete den Tanz der Autos und der Menschen, hoffte auf eine Entführung. Eine reife Frau in einem Rollstuhl – wie verrückt war das? Und doch hat es funktioniert!

Nicht weit von meinem Haus befindet sich dieser Supermarktparkplatz. Ich stellte mich neben den Eingang, unter ein Vordach. Wenn die automatische Tür aus Glas sich öffnete, dann duftete es nach frisch Gebackenem, und ich hörte das helle Piepsen der Kassen. Ich stand gleich bei den Boxen für die Einkaufswagen und dem frischen Obst. Ich stand jeden Tag dort, nur nicht an Sonntagen. Ich kam am Vormittag und blieb bis zum Abend. Dieser kleine Parkplatz wurde die Bühne meines Lebens.

Die meisten Menschen sahen mich gar nicht. Sie eilten hektisch durch den Herbst mit seinen schönen Farben und den Spinnweben, in denen Wassertropfen glänzen. Sie nahmen die Welt um sich herum nicht wahr. Manche dachten, ich wäre eine Bettlerin. Sie warfen mir Geld in den Schoß. Ich gab es zurück. Ich habe genug Geld, vielleicht sogar mehr als sie. Ich besitze einen kleinen Bungalow. Und ich habe Judith, die sich um mich kümmert. Judith! Wissen Sie, ob es ihr gut geht? Es war das erste Mal, seit wir uns kennen, dass sie ...

Es geht ihr gut.

Das beruhigt mich. Ich würde sehr gern über gestern und heute sprechen, denn es waren die seltsamsten Tage meines Lebens. Ich ... also ... Du ... ich meine Sie haben bestimmt eine Erklärung dafür. Noch erscheint mir alles so rätselhaft und ich kann mein Glück nicht fassen. Vielleicht erzähle ich einfach die Geschichte aus meiner Perspektive und Sie helfen mir, die Ereignisse zu verstehen. Gestern, am späten Nachmittag, musste ich kurz eingenickt sein. Als ich aufgewacht bin, saß der schwarze Hund neben mir. Er saß nicht direkt neben mir, vielleicht einen Meter entfernt. Nah genug, dass ich glaubte, er glaubte, er gehöre zu mir. Doch das stimmte nicht: Ich hatte das Tier nie zuvor gesehen.

Ich dachte, sicher erkennt es jeden Moment seinen Besitzer, der nur im Supermarkt einkaufen ist! Nach zwei Stunden wurde es dunkel und kühl, und das Tier saß immer noch da. Ich hatte es bis dahin nicht angesprochen, nur verstohlen von der Seite angesehen. Für einen kurzen Augenblick trafen sich unsere Blicke. Seine Augen waren grau wie Gewitterwolken. Sie sehen es ja selbst. Schauen Sie nur, er scheint uns zuzuhören. Ist er nicht aufmerksam?

Wissen Sie, er erinnert mich an einen Stoffhund, der mich durch die Kindheit begleitet hat. Max. Er hieß Max. Meine Eltern hatten ihn mir geschenkt. Max und Mia, wir waren vom ersten Moment an Freunde. Er hat mich beschützt und ... Ich weiß gar nicht, was aus ihm geworden ist, kann mich nicht erinnern.

Ihre Kindheit haben wir jetzt doch ausreichend gewürdigt, Mia.

Entschuldigen Sie, bitte. Am schwarzen Hund vom Parkplatz fiel mir sofort sein dickes, schwarzes Lederhalsband auf. Die schöne Rose darauf, die Rose und ihr dorniger Stiel. Ich mag Rosen. Sie sind so ... Gehört er am Ende zu Ihnen? Es geht mir gerade so durch den Kopf, denn dieses Tier erschien wie aus dünner Luft. Und zu irgendjemandem muss es ja gehören, oder?

Er gehört zu Ihnen.

Zu mir?

Genau.

Ja, er weicht nicht von meiner Seite, er ... Ich dachte immer, Hunde kauft man sich oder man bekommt sie geschenkt. Verrückt. Aber ich mag Hunde, auch wenn ich noch nie einen hatte. Also: Am Abend kam Judith und holte mich ab. Der Parkplatz war leer, die Supermarkttüren waren geschlossen. Es begann zu regnen. Der Hund saß immer noch neben mir. Als wir auf dem Heimweg waren, ging er wie selbstverständlich mit. Judith ignorierte ihn. Der Hund ging mit uns durch den Regen, schweigsam, wie wir.

Beim Haus angekommen öffnete Judith die Tür und schob den Rollstuhl in den Flur. Der Regen trommelte auf das Dach, in den Pfützen zitterte das Licht der Straßenlaternen. Der Hund saß draußen vor der Tür. Unsere Blicke begegneten sich wieder. Judith wollte die Tür schließen. „Warte", sagte ich. Während sie in die Küche ging, hielt ich ihm die Tür auf. Er lief zum Haus, schüttelte sich kurz und ging an mir vorbei direkt in die Küche. Er lief den Raum einmal ab, bis er seine Umrisse kannte, legte sich auf den warmen Küchenboden und schloss die Augen.

Judith brachte mich ins Bett und ich konnte lange nicht schlafen, weil der Regen so laut aufs Dach trommelte und ich an den schwarzen Hund in meiner Küche denken musste. Es wurde die seltsamste Nacht meines Lebens.

Über diese Nacht würde ich gern mehr hören.

Als ich erwachte zeigte der Wecker 1.30 Uhr. Die Tür gegenüber meinem Bett war leicht geöffnet, aus dem Flur fiel ein Streifen Licht ins Schlafzimmer. Da saß er und sah mich an. Seine grauen Augen leuchteten, ich konnte ihn atmen hören. Ich schluckte einen Schrei hinunter, drückte meinen Kopf in die Matratze und zog die Bettdecke über meine Ohren, bis ich seinen Atem nicht mehr hörte. Ich schlief wieder ein und träumte den ersten Traum. Ich ging über einen endlosen Strand, so wie ich in dem Urlaub mit meinen Eltern über den Strand gegangen war. Glücklich, einfach glücklich. Der Sand knirschte unter meinen nackten Füßen. Der Wind zog an meinen Haaren. Das tiefe Blau des Meeres schien mich anzulachen. Ich streckte meine Arme zur Seite und tanzte. Der Strand, der erst leer war, war jetzt voller Menschen. Sie spielten ausgelassen in der Abendsonne mit den Wellen. Ich kannte sie, nur konnte ich ihre Namen nicht den Gesichtern zuordnen, doch es waren liebe Gesichter. Man rief meinen Namen. Ich ging zu ihnen, spielte mit. Der Ball war rot. Wir schossen, warfen, ja, wir pusteten ihn uns zu. Der Ball schwebte wie ein magisches Ding von einem zum nächsten.

Als ich ihn zu stark warf, flog er über das Meer und alle Spieler sahen ihm nach, in ihren Strandkleidern und Bermudas. Die Kinder hörten auf, Sandburgen zu bauen, die Erwachsenen schauten aus ihrer Zeitung auf, selbst die Hunde starrten gebannt auf den roten Ball. Als der Ball nur noch ein kleiner Punkt am Horizont war, drehte sich ein Mädchen zu mir und sagte: „Warum?" Ich wusste nicht, was sie von mir wollte. Doch sie wiederholte nur dieses eine Wort: „Warum?" Wieder und wieder.

Ich presste mir die Hände auf die Ohren. Ein Junge kam und legte ihr die Hand auf die Schulter. Augenblicklich war sie still. Er flüsterte: „Unser Ballspiel war ein Warten auf Gott. Jetzt ist der Ball fort." Ich stammelte: „Es tut mir leid. Es tut mir so leid."

Trinken Sie bitte einen kräftigen Schluck Wein und atmen Sie durch. Sie werden nervös.

Ja, der Wein tut gut. Sie haben so recht. Mitten im Traum erwachte ich, es war genau 3.00 Uhr. Komisch, dachte ich, als wenn ich mir den Wecker gestellt hätte. Sofort suchte ich ihn in der Tür. Doch da war er nicht. Er saß am Ende des Bettes und leckte mit seiner rosa Zunge meine Füße ab. Ich konnte nichts spüren, ich hörte nur dieses Geräusch, dieses seltsame Geräusch. Schlllp. Schlllp. Schlllp. Plötzlich stoppte er, stellte sich neben das Bett und sah mich an. Graue, ruhige Augen. Sein Atem klang wie Meeresrauschen an einem fernen Strand.

Der zweite Traum war so schrecklich, dass ich gleich wieder erwachte. Ich war eine Schiffbrüchige, die in wilden Wellen um ihr Leben rang. Das Wasser war eisig, ich trug eine gelbe Schwimmweste und drehte mich im Ozean auf der Suche nach einem Halt. Eine Rettungsinsel, ein Rettungsboot, andere Schiffbrüchige. Ich suchte vergeblich. Eine Stimme schien vom Grund des Meeres zu kommen: „Dieser Ozean hat keine Ufer. Nie wirst du irgendwo ankommen." Ich schrie in den wolkenverhangenen Himmel: „Nein, das ist nicht wahr. Jeder Ozean hat Ufer. Ich werde ankommen." Die Wellen hoben mich und ließen mich wieder fallen. Ich schluckte ekliges, salziges Meerwasser. Ich hustete. Ich hob meinen Blick zum Himmel und betete.

Da sah ich einen roten Ball über den Ozean fliegen. Ich rief: „Nimm mich mit!" Im nächsten Augenblick schwebte ich wie ein Vogel über dem Ozean und sah, dass er keine Grenzen hatte. Ich sah auch, dass ich nicht allein war. Der Ozean war voller Menschen in gelben Schwimmwesten. Sie hatten alle das gleiche Gesicht. Mein Gesicht.

Als ich aufwachte, war es immer noch Nacht. Ich war schweißnass. Benommen öffnete ich die Augen und erschrak furchtbar. Das Tier saß über mir und drückte seine feuchte Nasenspitze an meine. Sein Atem klang wie das wilde Meer. Ich zitterte. „Was willst du?", flüsterte ich. Bilder flackerten in seinen Augen, ein Film. Bilder des Vortags: Der Parkplatz, der schwarze Hund, der Weg nach Hause im Regen ... ich sah mich schlafen und träumen ... ich sah den schwarzen Hund seine Nase an meine pressen. Doch der Film stoppte nicht, er lief einfach weiter. Ein freundlicher Morgen. Ein Tag ohne Regen, der Hund war noch bei mir. Keine besonderen Ereignisse, wir saßen und schauten. Es wurde Abend. Dunkle Wolken senkten sich über den Parkplatz. Ich sah mich von außen: Ich saß in meinem Rollstuhl am Rand der Wolke, neben mir der schwarze Hund. Autos fuhren in die Wolke und kamen wieder heraus. Irgendwann verschwand der schwarze Hund in der Wolke. Wenig später folge ich ihm. Der Film stoppte.

Mir wurde übel, ich musste meine Augen schließen. Das Meeresrauschen blieb, sein regelmäßiger
Atem. Ich beruhigte mich wieder, traute mich aber
nicht, die Augen zu öffnen. Dieses Tier war mir so
unheimlich geworden. Zugleich erschien es mir wie
mein Schlafhund aus Kindertagen, wie mein Max.
Reglos verharrte ich unter ihm. Auf einmal spürte ich
seine Zunge auf meinem Gesicht. Erst langsam, dann
immer schneller leckte er mein Gesicht ab.

Was fühlten Sie dabei?

Ich kann es nicht beschreiben. Es war, als wenn er
alle Masken ableckte, die ich mir in meinem Leben
aufgesetzt hatte. Alle Schichten, die mein Gesicht mit
etwas überzogen hatten, das ich nicht war, nicht sein
wollte. Er leckte mein Schweigen ab, meinen
Hochmut, meine Einsamkeit. Dann verließ er das
Zimmer.

Ich lag im Bett, lächelte und weinte, zitterte beim
Gedanken an die Wolke, die er mir gezeigt hatte.
Zitterte vor Freude und Furcht. Dann schlief ich tief
und fest wie ein Kind, bis ich erwachte und den Tag
erlebte, den er mir gezeigt hatte. Einen Tag wie jeder
andere. Nur dass der schwarze Hund jetzt an meiner
Seite saß.

Aber etwas war doch anders.

Ja, das war es. Aber der Reihe nach. Zum Abend wurde das Wetter auf dem Parkplatz immer schlechter. Die Wolken rutschen tiefer und tiefer, bis sie den Parkplatz umschlossen. Alles war grau. Ich sah keine Menschen mehr und auch keine Autos. Scheinwerfer tasteten sich ganz dicht an mir vorbei. Einkaufswagen tauchten vor mir auf wie aus dem Nichts. Manchmal auch Menschen, die mit eiligen Schritten zum Eingang gingen. Ein roter Ball rollte aus der Wolke. Ich zuckte zusammen, ich glaube, ich schrie. Dann erschien eine Mutter mit einem Kind. Sie hoben den Ball auf und gingen weiter.

Mein Herz raste. Ich drehte mich zur Seite. Tastete nach ihm. Der schwarze Hund war fort! Ich wollte ihn rufen, aber wie sollte ich das machen, er hatte ja gar keinen Namen. Ich rief: „Max, Max, Max!" Nichts passierte. Also fuhr ich mit dem Rollstuhl vorsichtig weiter auf den Parkplatz in die finstere Wolke. Alles wie in dem Film, den ich in seinen Augen gesehen hatte. Ich hörte Motoren, ich hörte Schritte und ein Jaulen. Das musste er sein. Er hatte Angst, er war allein! Zitternd folgte ich dem Jaulen. Ich musste den Hund wieder zu mir holen. Mitten auf dem Parkplatz schwebte er in Lebensgefahr. Er würde überfahren werden, dachte ich. Niemand würde für einen Hund bremsen, den er nicht sehen konnte.

Ich fuhr weiter, langsam, Stück für Stück. Doch ich konnte ihn nicht finden. Plötzlich ratterte es furchtbar laut und von links schoss etwas auf mich zu. Im nächsten Moment sah ich aus dem Nebel den riesigen Kühlergrill eines Geländewagens neben mir auftauchen. Hupen. Bremsen. Ich riss meine Hände vor das Gesicht. Das Auto warf den Rollstuhl auf die Seite und schob ihn über den Parkplatz. Dabei gab es ein furchtbares Geräusch. Ein Kratzen, Schleifen ... Krzzzzzz. Ich bekomme Gänsehaut, wenn ich an dieses Geräusch denke. Da, Gabriela, fühlen Sie meinen Arm!

Er ist kalt.

Finden Sie? Ich meinte mehr die hochstehenden Haare. Das nächste, woran ich mich erinnern kann: Ich saß wieder im Rollstuhl am Rande des Parkplatzes, neben mir der Hund. Es war dunkel, die Wolke war verschwunden. Wir waren allein. Ich streckte meine Hand aus und streichelte das Tier. Sein Fell war feucht. Ich dachte, was haben wir nur für Glück gehabt. Nichts passiert. Der Rollstuhl war stabil.

Ich tastete meinen Körper ab. Kein Schmerz, keine Blessuren. Ich war heil und unversehrt. Ich musste ohnmächtig geworden sein und man musste mich wieder an meinen Platz gestellt und dort vergessen haben. Wer weiß, was noch in der Wolke passiert war. Alle waren Blinde. Blinde am Steuer von Autos. Blinde mit Einkaufslisten. Blinde im Rollstuhl.

Es muss eine lange Ohnmacht gewesen sein.

Werden Sie oft ohnmächtig?

Nein, niemals.

Sind Sie sicher? Gab es da nicht einen Zwischenfall in der Kirche?

Wie kommen Sie darauf? Wer hat Ihnen davon erzählt? Es war doch gar nichts.

Keine Ohnmacht?

Du meine Güte, ich war vierzig, verzweifelt und unglücklich, weil ich erfahren hatte, dass mein Mann ... dass er ... Ich denke, es war auch die Hitze.

Gut. Zurück zum Parkplatz. Was passierte, als sie wieder aus Ihrer Ohnmacht erwachten?

Ich ... Alles, was nach Anbruch der Dunkelheit passierte, war so rätselhaft. Ich bin nicht als vernünftiges Wesen durch die letzte Stunde gewandelt, sondern wie ein Kind, das mit dem Herzen denkt. Darf ich bitte etwas Stärkeres trinken? Ich sehe da in der Tür eine Flasche stehen.

Es ist Absinth. Mögen Sie Absinth?

Ich habe nur davon gehört. Nie getrunken. Ja, das große Glas ist gut, mit Eis. Danke. Normalerweise trinke ich keinen Alkohol, aber heute ist ein anderer Tag. Es schmeckt wie dieser französische Schnaps, der weiß wird, wenn man ihn mit Wasser verdünnt. Nur stärker. Männlicher.

Was auf dem Parkplatz passierte? Längst sollte Judith mich abgeholt haben. Wo war sie? Ich rief sie an, es klingelte ins Leere, ich sprach auf die Mailbox. Der Supermarkt war längst geschlossen, der Parkplatz leer. Ich wusste nicht, was ich tun sollte. Weißt du, es ist sehr anstrengend für mich, selbst diese kurze Strecke allein im Rollstuhl zu fahren. Ich sah zu Max, er saß neben mir und sein Blick bohrte sich in die Finsternis. Ich legte meine Hand auf seinen Kopf. Er war mir immer noch unheimlich, aber seit dem Zwischenfall in der Wolke gehörten wir irgendwie zusammen. Ich hatte ihn gerettet, das bildete ich mir zumindest ein.

Ein Angestellter des Supermarktes lief über das Gelände, blickte über den hochgestellten Kragen seiner Jacke: „Kann ich Ihnen helfen?", fragte er. Ja, dachte ich, ja. Doch ich sagte freundlich und bestimmt: „Nein, ich werde jeden Moment abgeholt." Zu diesem Zeitpunkt war ich mir schon sicher, dass Judith nicht mehr kommen würde. Der Mann aus dem Supermarkt tat so, als wenn er mich nicht gehört hätte. Dann lief er an mir vorbei. Hinter mir stand eine Frau. Sie sagte, sie suche eine bestimmte Hausnummer. Er nahm sie am Arm und führte sie die Straße hinunter. Mich ließ er stehen.

Ich wollte mich gerade über diesen Vorfall wundern, da hörte ich Motorengeräusche. Am Eingang erkannte ich im Licht der Straßenlaternen zwei Autos. Die Schranke öffnete sich. Der Motor des ersten Autos, ein roter Sportwagen, fauchte. Instinktiv rollte ich zurück, bis ich die Wand des Supermarktes im Rücken spürte. Das Auto schoss vorwärts – ein Sprung in die Mitte des Parkplatzes, wo es stehenblieb. Der Motor dröhnte, niemand stieg aus. Und dann kamen Sie in dieser schwarzen, langen Limousine. Langsam, ganz langsam. Kein Zeichen, kein Wort. Nur die beiden Autos, das rote und Ihres, mit den laufenden Motoren. Das war sehr unheimlich, wissen Sie.

Die Scheinwerfer blendeten mich, ich musste die Augen zusammenkneifen. Sie haben ja selbst erlebt, was dann passierte, Gabriela. Die Beifahrertür des Sportwagens hat sich geöffnet, diese laute Rockmusik dröhnte nach draußen. Ich glaube, sie gefällt Ihnen auch nicht, stimmt das, Gabriela? Dann haben Sie die rechte hintere Tür der Limousine geöffnet. Klassisches Klavier. Von wem war das Stück? Ach, egal, es war irgendwie ... überwältigend.

Ich bemerkte, dass ich weinte. Seitdem sich die Türen geöffnet hatten, weinte ich wie ein Kind. Mein Körper bebte, mein Kopf wollte jeden Moment zerspringen. Der schwarze Hund drückte sich an mich, und ich drückte meine zitternde Hand auf seinen Körper. Bitte entschuldigen Sie, dass ich jetzt schon wieder weine. Es ist so eine besondere Nacht für mich.

Ich bin überglücklich, dass ich jetzt hier bei Ihnen sitze. Der Traum meiner Kindheit!

Atmen Sie tief in den Bauch, halten Sie die Luft an und dann atmen Sie langsam wieder aus. Das wird Sie beruhigen, bis der Absinth wirkt.

Nein, ich will jetzt nicht ein- und ausatmen! Später. Später können wir Atemübungen machen. Als die Motoren verstummten, wurde das Licht auf einmal so weich und unwirklich wie ein Sonnenuntergang. In meinem Kopf herrschte Windstille. Sie haben es bestimmt beobachtet: Mein Blick wanderte vom Sportwagen zu Ihrer Limousine und zurück. Ich war so entspannt.

Sie haben gelächelt, ganz sanft.

Ja, mein Warten hatte sich gelohnt. Ich war so glücklich, auf einmal war alles leicht und fühlte sich richtig an. Flauschig, dieses Wort kreuzte meine Gedanken. Die Welt war flauschig. Flauschig wie mein erster schwarzer Hund, der mich durch meine Kindheit begleitet hatte. Flauschig wie das Fell des schwarzen Hundes am Hals und unter dem Kinn, das ich jetzt kraulte. Keine Sekunde zweifelte ich, welches Auto ich für Max und mich wählen würde. Hören Sie, wie er zustimmend bellt? Zugegeben, tonlos, aber doch Bellen. Sie können sich vorstellen, dass mir das rote Auto nach meinen Träumen Angst einjagte.

Sie brauchen keine Angst zu haben. Das Auto fährt ein Kollege von mir.

Ein Kollege von Ihnen? Sie sind in der gleichen Firma. Wie heißt Sie denn eigentlich?

Sie heißt Vault.

Vault. Ein komisches Wort. Ist das Englisch? Was bedeutet es?

Es bedeutet Gewölbe.

Sie sind in einer Architekturfirma?

Lassen Sie uns über Sie reden, Mia. Warum sind Sie bei mir eingestiegen?

Das rote Auto fühlte sich falsch an. Geht es nicht darum? Ich habe nicht auf ihn gewartet, sondern auf Sie. Ich ging also zur Limousine und ... Aber ich bin doch gelähmt? Ich hätte doch gar nicht gehen können? Was ist das? Ich sitze hier mit übergeschlagenen Beinen. Alles ist plötzlich möglich. Warum schweigen Sie, Gabriela? Sie sind so still. Sehen mich an wie eine Sphinx. Mein ganzes Leben lang kamen die schlechten Nachrichten als Schweigen. Stille Blicke, die zu Boden stürzten wie umgestoßene Gläser, stille Blicke machen mir Angst. Warum presst der schwarze Hund ... Max ... seine Nase gegen die Scheibe? Warum jault er so? Warum legst du deinen Finger auf meine Lippen?

Es ist Zeit.

Nachtigall

»Mit allem, was lebt, sind wir durch Wesensverwandtschaft und Schicksalsgemeinschaft verbunden.«

– Albert Schweitzer

1. Wind

Als ich sie kennenlernte, hängte sie gerade Wäsche auf. Die übergroßen Hosen ihres Mannes und ihre eigene, geblümte Unterwäsche wehten im Wind. Linda, meine Vermieterin, stellte mich vor. „Das, ehrenwerte Dona Mercedes, ist Finn, Ihr neuer Nachbar für diesen Sommer. Er kommt aus Deutschland." Die Dona lächelte. Sie ignorierte meine ihr entgegengestreckte Hand und hielt mir ihre Wange hin. Ich küsste sie, erst auf die rechte Wange, dann auf die linke. Mir fiel auf, dass sie kleine, goldene Ohrringe trug, einen leichten Damenbart hatte und angenehm nach Weichspüler roch. Sie sagte einige Willkom-

162

mensworte auf Portugiesisch. Dass ich ihre Sprache nicht verstand, kümmerte sie wenig. Sie schien davon auszugehen, dass ich, selbst wenn mir die Worte fremd waren, den Sinn erfassen würde. Es war ein sonniger Tag, die Eukalyptusbäume rauschten im Wind, eine Taube gurrte auf dem Dach und sieben Katzen lagen in einer Ecke des Hofes übereinander und warfen mir müde Blicke zu. Eine von ihnen war trächtig.

Ich hatte mir für eine Auszeit ein Haus in einem winzigen Dorf an der Algarve gemietet, mit dem Auto nur 20 Minuten vom Meer entfernt. Das Haus lag auf einem Hügel und von der Terrasse hatte ich einem Panoramablick über die sanft gewellte Landschaft. Früher war das Haus ein Stall gewesen, der der Dona und ihrem Mann gehört hatte. Linda hatte ihn gekauft und zum Ferienhaus umgebaut. Jetzt standen auf dem alten Fliesenboden kühn geschwungene Möbel im Stil der 70er-Jahre. Das Haus war weiß gekalkt, hatte ein rotes Ziegeldach und indigofarbene Fensterläden.

Als ich am Morgen nach meiner Ankunft die Haustür öffnete, saß direkt davor ein kleiner, sandfarbener Hund mit Schlappohren. Er musterte mich aus braunen Augen, bellte einige Male und rannte weg. Kurz darauf standen zwei bellende Hunde vor der Tür.

„Das sind Kiki und Lucy, die Lieblinge der Dona", erklärte mir Linda, die ein paar Hundert Meter entfernt auf der Talseite des Dorfes wohnte. „Ihre Niños. Sie sind verwandt. Kiki, die mit den Schlappohren, ist die Tante. Lucy, die schmalere mit den Stehohren, ist ihre Nichte. Die Dona hat sie nach Figuren aus einer brasilianischen Telenovela benannt."

Linda war Portugiesin und sprach perfekt Deutsch, weil sie ein paar Semester in Kiel studiert hatte und mit einem Deutschen verheiratet war. Als sie mich am Nachmittag besuchte, umtanzten die Hunde sie auf den Hinterbeinen und sprangen auf Lindas Arm. Zu mir hielten sie Abstand.

„Dich lieben sie, mich scheinen sie nicht zu mögen", sagte ich.

„Hast du Erfahrung mit Hunden?"

„Nein. Unter Hunden stelle ich mir auch was Anderes vor ..."

„Keine Sorge. Sie werden bald lieb zu dir sein."

„Was ist denn das für eine Rasse? Ist das überhaupt eine Rasse?"

„Chihuahuas. Sie kommen aus Mexico. Ich habe mal irgendwo gelesen, es sind die kleinsten Hunde der Welt."

„Immerhin gelten sie noch als Hunde."

Wir setzten uns in den Schatten und tranken Espresso. Dazu servierte ich Kekse. Beim Knacken der Kekse wurden die Hundedamen zutraulich.

„Gib ihnen ruhig welche. Nur lass es die Dona nicht sehen."

Wenig später hatten Kiki und Lucy jede Scheu verloren und tobten unter dem Tisch, als wären sie bei mir zu Hause.

„Siehst du", sagte Linda und lachte. Dann fragte sie zusammenhanglos: „Hast du eigentlich ein Auto, Finn? Ich meine nicht das Mietauto, sondern ein eigenes Auto, daheim in Deutschland."

„Nein."

„Und wenn du eins hättest, welche Farbe hätte es?"

„Schwarz, denke ich. Oder lieber Rot. Wie ein Spielzeugauto."

„Gut."

Sie erschien mir ein wenig seltsam. Mir gefiel das.

Von da an kamen Kiki und Lucy jeden Tag zu mir zu Besuch. Sie warteten schon am Morgen ungeduldig vor der Tür, die kleinen Glöckchen, die sie um den Hals trugen, verrieten sie. Sobald ich die Tür öffnete, sprangen sie hinein, wollten gekrault werden, wurden schnell eifersüchtig, wenn die Andere bevorzugt schien, kämpften spielerisch, tranken hektisch aus einem Napf, den ich für sie hingestellt hatte, aßen ihren Keks, fielen schließlich müde auf eins der Kissen auf der steinernen Bank und schliefen Seite an Seite. Manchmal standen sie drinnen vor dem Spiegel und wurden nicht müde, ihre Spiegelbilder anzubellen. An anderen Tagen folgte ihnen eine schwarze Katze. Sie setzte sich etwas abseits und betrachtete das Theater der Hunde. Wenn Kiki und Lucy sie in ihr Spiel einbeziehen wollten und sie angriffen, indem sie ihr die

Hinterteile entgegenwarfen, schlug die Katze nur gelangweilt mit der Pfote danach. Immer wenn sich ein Auto dem Dorf näherte, rannten die Hunde kläffend zur Straße. Mit ihnen bellte ein anderer Hund, irgendwo hinter dem Haus. Er klang furchteinflößend.

Am Anfang hatte ich Sorge, dass Kiki und Lucy nerven würden, doch das Gegenteil war der Fall. Die Lebensfreude der Hunde wirkte ansteckend. Egal, was ich tat, sie begrüßten es, als wenn ich damit ihrem Leben einen Kick geben würde. Du gehst zum Auto? Wir sind dabei! Du willst wegfahren? Lass uns auf den Beifahrersitz! Müll rausbringen? Oh ja! Betten ausschütteln? Wir helfen! Dich hinsetzen? Lass uns auf deinem Schoß sitzen und an deinen Fingern knabbern! Du siehst den Treckern zu, die über die Felder tuckern? Heb uns auf die Mauer, dann können wir gemeinsam gucken!

Die Nachmittage verbrachte ich am Meer. Ich ging spazieren oder saß im Sand und betrachtete das Spiel der Wellen, die Formen, die sich ständig auflösten. Die Strände schienen unendlich. Heller, feiner Sand soweit ich sehen konnte. Bei Ebbe gab es Watt, bei Flut brachten kleine Motorboote in leuchtenden Farben die Menschen zu den Sandinseln und zurück. Niemand schwamm. Wenn der Westwind blies, verzogen sich die wenigen Leute in die Dünen und ich war ganz allein. Ich liebe den Westwind. Er sorgt für einen klaren

Kopf. Bläst alle trüben Gedanken weg. Gedanken an die Leere in den letzten Monaten. Ich meine keine Depression oder Melancholie. Ich meine wirkliche Leere, mir fiel nichts mehr ein. Für einen Art Director war das eine kleine Katastrophe. Meine letzte gute Idee war, mir eine kreative Auszeit zu nehmen und nach Portugal zu fahren. Warum Portugal? Keine Ahnung. Es war der Tipp eines Kollegen.

Wenn ich vom Meer zurückkam, besuchte mich Linda, meine Vermieterin. Zu Beginn ließ sie es so aussehen, als wäre es Zufall, als wäre sie gerade auf dem Weg zur Dona. Sie fragte: „wie geht es dir?", „ist alles in Ordnung?" oder „kann ich etwas für dich tun?" Ich mochte ihre fürsorgliche Art. Ihr schien es Freude zu bereiten, Deutsch zu sprechen. So kam sie bald regelmäßig.

Sie stellte mir eine Frage, die mir seit meiner Schulzeit niemand mehr gestellt hatte: „Was sind deine Hobbies?" Hatte ich Hobbies? War die Zeit der Hobbies nicht längst vorbei? Ich antwortete: „Ich mag Musik." So kamen wir zum Thema Jazz und merkten schnell, dass wir das gleiche Lieblingsalbum hatten, *Kind of Blue* von Miles Davis. Sie hatte das Haus mit einem MP3-Dock ausgestattet, wir hörten von da an immer *Kind of Blue*, wenn sie mich besuchte. Meist lagen Kiki und Lucy bei uns und schliefen im Schatten einer Mauer. Der Himmel war jeden Tag wolkenlos, einfach nur blau.

Nach einigen Treffen suchten wir auf Spotify weitere Alben von Miles Davis. *Bitches Brew* war das umstrittenste.

„Ich liebe die musikalische Freiheit. Jeder spielt, was er will und trotzdem formt sich daraus ein harmonisches Ganzes."

„Das nennst du harmonisch?", hielt sie dagegen. „Weißt du, Finn, *Kind of Blue*, das ist nicht von dieser Welt, das kommt irgendwo von der dunklen Seite des Mondes. Aber Bitches Brew, da fehlt die Seele."

„Was genau ist die Seele?"

„Etwas, das keine Worte braucht, das du spürst, das dich erhebt ... Die Dona hat Seele ... Kiki und Lucy haben Seele."

Ich mochte Lindas tiefe Stimme, die funkelnden grünen Augen und die Leidenschaft, mit der sie ihre Ansichten vertrat. Ich schätzte sie auf 30, nur wenig jünger als mich. Sie war Meeresbiologin und arbeitete in Tavira und Lissabon. Sie war verheiratet, lebte aber getrennt. Ihr Mann war nach Kiel zurückgekehrt, sie wollte nicht darüber reden. Ich respektierte das, fragte nicht nach. Es war mir auch nicht so wichtig. Ich war nach Portugal gekommen, um mich treiben zu lassen. Ich hatte keine Ziele, genoss das Alleinsein, die Gesellschaft der Hunde, die zufälligen Begegnungen mit der Dona, die immer ein Lächeln für mich hatte, die Besuche von Linda. Ich fand Linda attraktiv, aber ich war nicht verliebt in sie, und wenn ich es gewesen wäre, hätte es auch nichts geändert.

Einmal fragte Linda mich: „Was ist das schönste Instrument der Welt für dich?"

„Trompete. So wie Miles sie spielt."

Sie nickte.

„Und für dich, Linda?"

„Die Stimme, die menschliche Stimme."

„Wegen der Seele?"

„Du lernst schnell." Nach einer Pause ergänzte sie: „Ich mag auch die Stimmen von Tieren. Zum Beispiel die der Nachtigall. Hast du schon mal eine Nachtigall singen gehört?"

„Nein. Also nicht wissentlich."

Sie beugte sich vor. Um ihren Mund spielte ein Lächeln.

„Der Gesang der Nachtigall ist ein Naturereignis. Im Grund ein *Kind of Blue*, nur eben nicht sechs oder sieben geniale Musiker, die sich in einer Kirche in New York treffen und überirdische Musik spielen, sondern ein einziger kleiner Vogel. Er improvisiert die halbe Nacht, um Weibchen anzulocken. Er erzählt Geschichten ohne Worte. Sobald er singt, laufen diese Geschichten bei mir ab. Ich kann nichts dagegen tun."

„Warum solltest du? Was sind denn das für Geschichten?"

„Von mir und meinen Freunden, von … Na, Erinnerungen an gestern oder morgen. Geschichten eben."

„Okay."

Sie war wirklich seltsam. Ein Vogel, der Geschichten erzählte – eine Nachtigall, nicht mal ein Papagei.

Sie tippte auf ihrem Handy herum, fluchte über die langsame Internetverbindung – „so kann ich nicht ... passiert da nochmal was?" -, bis schließlich Vogelgesang ertönte.

„Nie zuvor gehört", sagte ich, nachdem die Internetverbindung vollkommen zusammengebrochen war. „Beeindruckend. Miles Davis als Vogel."

Sie legte ihre Hand auf meine. „Genau. Genau. Miles Davis als Vogel. Eine Nachtigall. Das hast du schön gesagt. Miles war kein Mann der Worte, aber ein großer Erzähler. Ein Poet. Wie die Nachtigall."

Ich blickte auf unsere Hände, rührte mich nicht. Sie blickte ebenfalls auf unsere Hände, wie auf ein Rätsel, das sie gerade nicht lösen konnte.

„Jaaa", sagte sie, sprang auf, zog mich in die vorderste Ecke der Terrasse und zeigte mit ihrem ausgestreckten Arm in die Natur. „Schau mal, da unten am Bach! Weißt du, wer da wohnt?"

„Frösche. Ich höre sie jeden Abend."

„Richtig. Aber das ist nur das Vorprogramm. Was kommt danach?"

„Keine Ahnung. Ich schlafe immer bei den Fröschen ein."

„Du schläfst ein? Bleib mal länger wach! So bis 23 Uhr. Da unten wohnt die Nachtigall. Sie singt nur in der Nacht."

„Gut zu wissen, ich will gern versuchen wach zu

bleiben, aber ich werde so früh müde hier ... die Seeluft." Es war die höfliche Umschreibung von: Vogelgesang bedeutet mir absolut gar nichts. Auch wenn das Tier ein Poet ist.

Ich trieb weiter durch die Tage, schlief früh ein und wachte spät auf. Montags brachte mir die Dona frische Orangen, donnerstags kam der Fischhändler, dienstags und samstags kam der Bäcker mit seinem kleinen Lieferwagen. Ich konnte ihn von der Terrasse aus schon von Weitem sehen. Er fuhr an allen Häusern vorbei, an den schönen, auch an dem ungepflegten mit der Matratze im verfilzten Rasen. Es war ja niemand dort. Er hielt nur bei der Dona. Die Brote hatte er im Kofferraum. Ich ließ mir immer eins von der Dona empfehlen. Der Bäcker war ein schweigsamer Mann, aber er schien gern die Geschichten der Dona zu hören, während sie Kiki und Lucy auf ihrem Arm hielt und kraulte. Es wurde von Tag zu Tag heißer, um die Mittagszeit flirrte die Luft wie in der Wüste und die Landschaft bekam etwas Traumhaftes. Mein eigenes Leben war weit weg. Mich interessierte weder meine Vergangenheit noch meine Zukunft. Ich wollte einfach nur da sein und keine Pläne machen, die dann doch nichts wurden.

Eines Morgens kam Linda zu mir und sagte: „Hallo Finn, du bist ja richtig braun geworden. Steht dir gut!"
Ich zuckte die Schultern, wie immer bei Kompli-

menten. Es war ein Sonntag, ich war seit genau drei Wochen in dem Haus und kannte Linda inzwischen gut genug, um zu wissen, dass auf so eine Einleitung eine Bitte folgen würde.

„Ich fahre für ein paar Tage nach Lissabon, wollte Tschüss sagen. Und ich soll dich von der Dona fragen, ob du auf Kiki und Lucy aufpassen könntest. Sie möchte gern mit ihrem Mann einen Tag ans Meer fahren. Normalerweise würde ich die Hunde nehmen, aber ich bin ja nicht da. Würdest du das für sie tun?"

„Mache ich gern."

„Da wird sie sich freuen. Wenn du nur bitte auf eins achten würdest. Siehst du das Haus da unten, auf halbem Weg zu mir?"

„Das mit den geschlossenen Fensterläden und der Matratze im verfilzten Gras?"

„Ja. Mach einen Bogen darum, wenn du mit den Hunden spazieren gehst."

„Warum?"

„Ist kein guter Ort. Da hat der Franzose mit seinem Mastiff gewohnt."

„Der Franzose?"

„Genau. Er war ständig betrunken, der riesige Hund lief frei herum und niemand hat sich auch nur in die Nähe getraut. Die Dona ist mit ihren Niños im Auto zu mir gefahren, anstatt diesen schönen Weg zu Fuß zu gehen. Einige Wochen bevor du gekommen bist, ist er Gott sei Dank verschwunden."

„Klingt ja nicht gerade wie das Wunschbild eines

Nachbarn. Ich mag Franzosen eigentlich sehr gern ..."

„Ich auch", unterbrach sie mich. „Aber dieser eine war, sagen wir, schwierig. Wir sind froh, dass er weg ist."

Manchmal hatte ich meine Not, ihrer Logik zu folgen und fragte: „Wenn er doch weg ist, warum soll ich jetzt noch Abstand halten?"

„Tu es einfach!", sagte Linda fast schon schroff und blickte mir fordernd in die Augen.

Ich zuckte die Schultern. „Okay. Wenn du es so willst. Aber ein wenig mysteriös klingt das alles für mich."

Ihr Blick wurde wieder freundlicher.

„Finn, entschuldige. Dich muss das alles verwirren. Mich bewegt es immer noch sehr. Ich kann kaum vernünftig darüber reden."

Linda ließ sich seufzend in die Stuhllehne sinken. Ich schenkte ihr ein Glas frisch gepressten Orangensaft ein.

„Es hat mit der Geschichte dieses Ortes zu tun. Vor drei Jahren hatten ein paar Leute, Deutsche, Engländer, Franzosen, die Idee, sich in einem alten portugiesischen Dorf niederzulassen. Sie hatten alle an der gleichen Uni studiert. Sie nannten es *Projekt F*, F wie Freundeskreis. Im Zentrum der Bewegung stand Ella, Ex-Managerin, Psychologin und Utopistin. Sie kam aus London, sah scharf aus, obwohl schon fünfzig Jahre alt. Sie war so etwas wie der Guru der ganzen Unternehmung. Ella bewohnte das Haus hinter meinem, da unten, das große mit dem Pool. Es sprach sich herum, wie harmonisch es hier war, immer mehr Leute wollten bei uns im Dorf wohnen."

„Bei uns? Du warst dabei?"

„Mein Ex-Mann Joachim ist ein Freund von Ella", sagte sie und senkte den Blick. „Er hat nicht mit ihr studiert, er ist ja viel jünger. Aber sie wollte gern einen Arzt im Freundeskreis haben." Nach einer Pause fuhr sie fort: „Ruinen verwandelten sich in schöne Häuser. Es war eine aufregende Zeit. Nach ungefähr zwei Jahren kam der Franzose. Er erschien uns allen wie ein perfekter Gentleman. Doch nach und nach legte er seine guten Manieren ab und zeigte sein wahres Wesen. In ihm steckte der Teufel! Er wollte nur eins: unsere Idylle zerstören. Er soff, er kiffte sich zu, er zeigte keinen Respekt. Ella kaufte ihm diesen schrecklichen Hund. Ella und er, sie hatten ein Verhältnis. Sie betete ihn an, das konnte jeder sehen. Es war peinlich."

Lindas Wangen waren hektisch gerötet. Als ich ihr Orangensaft nachschenken wollte, bat sie mich um ein Glas Wein.

„Warum hat der Franzose sich denn so danebenbenommen?"

„Sage ich doch: Er ist der Teufel. Er will alles Schöne, Menschliche, Warme zerstören."

„Ist das nicht etwas übertrieben?"

„Ich war dabei", sagte sie kurz angebunden. „Ich war dabei und du nicht." Dann machte sie eine Pause und schloss die Augen, als wenn sie sich die Zeit wie einen Film in Erinnerung rufen würde. *„Projekt F* löste sich auf", fuhr sie fort. „Irgendwann erzähle ich dir gern die Details."

„Ja, bitte. Ich mag diese Idee sehr, im Kreis von Freunden zu leben. Vielleicht auch deshalb, weil ich gerade keine Freunde habe."

Sie drückte zum zweiten Mal meine Hand, als wenn sie sagen wollte: Ich bin doch da. Genau wie vor einigen Tagen, als wir über die Nachtigall gesprochen hatten. Ich spürte, wie auch sie sich in diesem Moment wieder an die Nachtigall erinnerte.

„Hast du übrigens ...?"

„Sorry, Linda, noch ist das Froschkonzert meine Einschlafmusik."

„Schade. Sag mal, du hast wirklich gar keine Freunde? Bist du mit jemandem ...?"

„Nein, auch keine Freundin. Ich bin zurzeit sehr lose mit der Welt verbunden."

„Verstehe", sagte Linda und nickte.

„Also der Freundeskreis löste sich auf. Daher ist es hier auch etwas geisterhaft ... was mir sehr gut gefällt. Doch der Franzose, wie du ihn nennst, blieb?"

„Zunächst. Als alle weg waren, tyrannisierte er die Dona und mich. Doch wir behielten bis zum Schluss unser Lächeln. Auch nachdem sein Mastiff all ihre Hühner getötet hatte. Wir akzeptierten den Lauf der Dinge. Schließlich ging der Franzose. An seiner Tür hängt immer noch der Zettel: ,Komme bald zurück.'

Wir vermuten, er hat das nur getan, um uns zu verunsichern. Was für ein Satz! Jeden Tag steht die Dona auf ihrer Terrasse und hält Ausschau nach ihm. Sie traut dem Frieden nicht."

Linda trank das Glas Wein aus und blickte über das kleine Dorf. Dabei presste sie ihre Zähne so stark zusammen, dass die Kieferknochen hervortraten.

„Warum bist du geblieben?"

„Die Dona ist meine Freundin. Außerdem ... Ach, ist doch egal."

„Du kannst es mir an einem anderen Tag erzählen."

„Ich muss los", sagte sie und erhob sich. Im Gehen drehte sie sich noch einmal um und sagte: „Die Dona mag dich, Finn. Sie war nur drei Jahre in der Schule, aber sie ist eine kluge Frau. Sie besitzt Menschenkenntnis. Weißt du, ihr Bruder ist hochintelligent, aber bekommt nichts hin. Ihre Tochter ist in einer Sekte. Glaub mir, sie kennt den Geschmack von Verirrten und Verlierern. Und auch den von guten Menschen."

„Man kann nicht immerzu gewinnen. Jeder ist mal Gewinner, mal Verlierer. Es gibt Zeiten, da sieht man die Dinge klar, und Zeiten, in denen man sich verirrt."

Sie blickte mich an, ihr Mund war leicht geöffnet, als wollte sie noch etwas sagen, doch sie schwieg.

„Nur noch eine Frage, Linda: Hat die Dona einen dritten Hund? Ich höre häufig das Bellen."

Sie nickte, sah auf ihre Uhr und sagte: „Komm mal mit!"

Wir gingen um das Haus der Dona herum zur einzigen Straße, die durch den Ort führte.

„Du fährst von hier aus immer die Straße hinab und dann links Richtung Küste, richtig?"

„Ja."

„Dann gehen wir die Straße heute mal nach oben."

Kaum hatte sie ihren Satz zu Ende gesprochen, raste etwas aus dem Schatten des Hauses auf uns zu und stoppte knapp vor uns, als wäre es gegen eine unsichtbare Mauer geprallt. Ich sprang auf die andere Straßenseite, Linda blieb ruhig stehen.

„Das", sagte sie, „ist der Kettenhund." Nach einer kurzen Pause fügte sie hinzu: „Ich hoffe, er hat dich nicht zu sehr erschreckt."

Ein furchterregender, dreckiger Hund, geifernd, mit blutunterlaufenden Augen, zerrte an seiner Kette und bellte lautstark. Kiki und Lucy, die uns begleitet hatten, bellten ebenfalls und umtanzten den Kettenhund aus sicherer Entfernung.

„Kiki und Lucy bilden sich ein, Wachhunde zu sein. Doch sie sind nur die Hofnarren. Er ist der Wachhund. Lass uns zurückgehen, dann beruhigt er sich wieder."

„Ist das nicht grausam, einen Hund an der Kette zu halten?"

„Das fragt hier keiner. Es ist so. Die Kettenhunde gehören dazu."

„Hat er einen Namen?"

„Nein. Es ist eine Sie. Jetzt hast du einen Eindruck vom Mastiff des Franzosen. Es ist ein Bruder von ihr."

Ich brachte Linda zum Auto und bemerkte, dass das Bild des Kettenhunds und diese düstere Geschichte vom gescheiterten Freundeskreis mich melancholisch stimmten. Ich bemerkte auch, dass ich sie ungern gehen ließ. Ich hatte mich an ihre Gesellschaft gewöhnt, sie würde mir fehlen.

„Wann bist du zurück?"

„In ein paar Tagen."

„Unangenehme Dinge?"

„Ja."

„Kann ich dir helfen?"

„Nein ... danke ... nein."

2. Feuer

Als die Dona am nächsten Morgen aus dem Haus kam, trug sie einen Strohhut und ein helles Sommerkleid mit Schmetterlingen. Auf dem Weg zum Auto folgten ihr Kiki, Lucy und zwei Katzen wie ein Hofstaat. Ihr Mann erwartete sie am Steuer des weißen Lieferwagens. Sie winkte aus dem Fenster, Kiki und Lucy verfolgten das Auto kläffend einige Meter. Ich dachte an die endlosen Sandstrände und war mir sicher, sie würden einem schönen Tag entgegenfahren.

Jetzt war ich ganz allein in dem Dorf. Ich schloss die Tür hinter Kiki und Lucy, legte mich in einen Liegestuhl und beobachtete die weißen Wolken, die über den Himmel trieben.

Ein Trecker fuhr über die Felder und erfüllte die Luft mit seinem Motorengeräusch. Der Wind trug den Geruch von Eukalyptus zu mir. Irgendwann schlief ich ein.

Lautes Gekläff weckte mich. Ich sah, wie ein schwarzer Kastenwagen vom Haus des Franzosen auf die Straße fuhr. Ich hatte das Auto gar nicht kommen gehört. Ich beruhigte die Hunde, machte mir etwas zu essen und erwischte mich dabei, wie ich ständig aus dem Fenster blickte. Die Vorstellung, dass der Nachbar im Haus gewesen war oder, falls ihn jemand gebracht hatte, sich noch dort aufhielt, machte mich nervös. Warum hatte der Franzose die anderen tyrannisiert? Lindas Erklärung, er sei der Teufel, was sollte ich davon halten? Ich setzte mich zu Kiki und Lucy auf den Boden und spielte mit ihnen Ball.

Als es klopfte, rannten Kiki und Lucy sofort kläffend zur Tür, ihre Pfoten rutschten über den Kachelboden. Vor mir stand ein kleiner Mann mit schwarzen Haaren. Er trug blaue Bermudas, Flip-Flops und ein weißes Hemd, das lässig über der Hose hing. „Guten Tag", sagte er mit angenehm tiefer Stimme. Er habe gesehen, dass das Haus bewohnt sei und wolle sich vorstellen. „Je suis Dion." Er streckte mir zur Begrüßung seine Hand entgegen. Der Franzose! Ich muss ihn ziemlich verdutzt angesehen haben, ich hätte weder erwartet, dass er sich vorstellen, noch dass er so aussehen und sogar nach frischem Aftershave riechen würde. Nach Lindas Beschreibung hatte ich ein anderes Bild von ihm im Kopf: schmieriger, schmuddeliger, gemeiner. Was mich am meisten überraschte: Kiki und Lucy sprangen an ihm hoch und ließen sich sogar streicheln.

„Ich habe auch bei Dona Mercedes geklopft", sagte er, „aber sie scheint nicht zu Hause zu sein. Wissen Sie vielleicht, wo sie ist?"

„Ja ... ich ...", stammelte ich. „Was wollen Sie denn von ihr?"

Er wechselte ebenfalls ins Englische. „Sie sind Deutscher, richtig? Ihrem Akzent nach ... Ich spreche leider nur sehr schlecht Deutsch."

„Englisch ist okay."

„Gut. Ich bin gekommen, um der Dona zu sagen, dass ich zurück bin. Jules und ich sind wieder zurück. Jules ist mein Hund."

„Ich werde es ihr ausrichten", sagte ich kurz angebunden. Mich irritierte sein Blick, sein linkes Auge war seltsam starr.

„Wenn Sie mögen, kommen Sie gern auf ein Glas Bordeaux bei mir vorbei."

Ich nickte.

„Also, ich freue mich auf Ihren Besuch."

Als er ging, folgten ihm Kiki und Lucy. Es war, als wenn sie mich vergessen hätten. Als hätte er sie verzaubert. Sie hatten nur noch Augen für ihn.

„Ist es für Sie okay, wenn die Damen mitkommen?

180

Ich schätze, sie haben Lust, mit Jules zu spielen."

Mit Jules zu spielen? Jules, dem Killer-Mastiff?

„Nein, tut mir leid. Mir wäre es lieber, sie blieben bei mir."

„Okay", sagte er, „dann vielleicht ein anderes Mal." Er brachte die beiden zurück zur Tür, sodass ich sie hineinziehen konnte, und ging.

Ich hatte am Neujahrstag aufgehört zu rauchen, trug seitdem aber immer eine Packung Gauloises Blondes mit mir herum. Geöffnet hatte ich sie nie. Jetzt riss ich die Schachtel mit zitternden Fingern auf. Etwas an ihm machte mich sehr, sehr nervös. Ich konnte nicht sagen, was es war. Von der Terrasse sah ich, wie er die Matratze, die vor seinem Haus gelegen hatte, zum Müll zog. Dann holte er den Rasenmäher heraus und begann, das Gras zu mähen. Sein Hund lag im Schatten des Hauses. Er sah genauso furchterregend aus wie der Kettenhund der Dona.

Dion und Jules. Ich versuchte, die Puzzlesteine zusammenzusetzen, doch es gelang mir nicht. War das wirklich der Franzose? Er wirkte normal, fast bieder. Auf jeden Fall freundlich. Beliebt bei den Hundedamen, ohne dass er ihnen Kekse gab. Vielleicht, dachte ich, hatte Linda alles nur aufgebauscht und Dion war zum Sündenbock geworden. Woher konnte sie so genau wissen, dass sein Hund die Hühner von Dona Mercedes getötet hatte?

Sollte ich Linda anrufen und erzählen, was passiert

war? Ich entschied mich dagegen, es würde zu an-
hänglich wirken. Ich sagte mir, Finn, warte ganz
entspannt bis zum Abend, dann ist die Dona zurück
und wird dir alles aus ihrer Perspektive erzählen. Mit
ihr hatte ich noch nie über ihn gesprochen. Was heißt
gesprochen? Wenn ich mit ihr sprach, Deutsch,
Englisch, Brocken von Portugiesisch oder Zeichensprache, dann tat sie sich schwer, mich zu verstehen.
Ich war ein schlechter Erzähler. Sie aber gab den
Worten eine Seele, würde Linda wohl sagen. Sprache
schien für sie bei der Kommunikation nur eine ne-
bensächliche Rolle zu spielen. Sie drückte sich über
die Stimmlage aus, über Gesten, Mimik, Bewegungen.
Sie sprach als ganzer Mensch, während ich nur Worte
aneinanderreihte.

Ich trank ein Bier und wollte in Ruhe *Kind of Blue*
anhören, aber ich konnte mich nicht auf die schwe-
benden, dunklen Klänge einlassen. Ich dachte nur an
den Franzosen. Er hatte also einen Namen. Dion.

Am späten Nachmittag war meine Neugier so groß,
dass ich beschloss, Dion zu besuchen. Ein kurzes Hallo. Ein gemeinsames Glas Wein. Ich musste seine Ver-
sion der Ereignisse hören. Kiki und Lucy wollte ich im
Haus lassen. Ich gab jeder einen Keks, um sie abzu-
lenken, doch als ich die Tür öffnete, ließen sie die
Kekse liegen, was sie noch nie getan hatten, sprangen
hinaus und rannten kläffend den Berg hinunter. Dion
öffnete uns lächelnd die Tür. Auf der Terrasse hinter

dem Haus döste Jules im Schatten. Kiki und Lucy hielten Abstand zu ihm. Ja, sie wurden ganz still, als sie ihn sahen und drückten ihre kleinen Körper aneinander. Hatte Dion nicht gesagt, dass sie gern gemeinsam spielen würden? In diesem Moment wusste ich, dass alles nur Fassade war.

Während ich nach einem Grund suchte, gleich wieder zu gehen, ohne Dion zu beleidigen, hielt er mir ein Glas Rotwein hin. „Trinken wir auf eine gute Nachbarschaft", sagte er. Er hatte diese schöne Stimme, aber einen anderen Tonfall als bei dem Besuch am Nachmittag. Aufgesetzter, fand ich. Spöttischer. Er erzählte, dass er in Lissabon gewesen sei, Freunde besucht habe. Dann versuchte er, mich auszufragen. Woher genau ich kommen würde? Was mich hierherbringen würde? Wie lange ich schon hier wäre? Wie lange ich bleiben wollte? Es kam mir fast vor wie ein Verhör.

Er verschwand für eine Weile im Haus, sagte, er müsse seine Zigaretten suchen. Jules musterte mich aus schläfrigen Augen. Wo waren Kiki und Lucy?

„Dion, sind die Hunde bei Ihnen?", rief ich.

„Ja, sie trinken."

Nachdem er zurückgekommen war, bot er mir eine Zigarette an. Sie kam mir sehr stark vor, wahrscheinlich weil ich so lange nicht mehr geraucht hatte.

„Linda hat mir von *Projekt F* erzählt. Warum sind Sie zurückgekommen?"

„Was hat sie denn erzählt?"

Während ich in wenigen Sätze wiederholte, was ich von Linda erfahren hatte, trommelte er mit seinen kurzen Fingern auf dem Tisch herum, als ob er es kaum erwarten konnte, endlich seine Sicht zu schildern. Dann sagte er: „Hier ging es um Freiheit, mein lieber Finn. Das war das Thema von *Projekt F.* In dem Moment, als ich sie mir genommen habe, hat man mich verteufelt."

Er klang verbittert.

„Ich war nicht dabei. Aber ich dachte, es wäre um Freundschaft gegangen."

„Freunde lassen dir Freiheit, oder?"

„Schon, aber einfach sein Ding durchziehen, das klingt für mich wie Kindergarten."

Sein Gesicht erschien mir sehr rot. Die Sonne, der Alkohol, die aufsteigende Wut?

„Kindergarten", entgegnete er betont ruhig und wiederholte das Wort: „Kindergarten." Nach einer kurzen Pause fuhr er fort: „Sie wissen gar nichts von Freiheit. Genau wie Ella mit ihren albernen Benimmregeln. Das war Kindergarten."

Ich schwieg, um ihn nicht weiter zu reizen.

„Sie haben gefragt, warum ich wieder hier bin. Ich will es Ihnen sagen, Finn, weil Sie ein netter Kerl sind, wenn auch ziemlich naiv und nur durch Zufall in diese Geschichte hineingeraten. Sie sollten wissen, dass ich Ihnen die Hunde gerade weggenommen und in den Keller gesperrt habe. Bitte erklären Sie der Dona: Ihre Clowns sind jetzt meine." Mit einem Seitenblick auf

Jules ergänzte er: „Was passiert, wenn sie die Polizei ruft oder sich widersetzt, nun, ich glaube, ich brauche das nicht auszuführen."

Ich wollte glauben, er mache nur einen Scherz, einen bösen Scherz, aber ich fand keine Spur eines Lächelns in seinem Gesicht. Ich sprang auf, rannte ins Haus und rief ihre Namen, immer wieder. Keine Reaktion. Es war düster im Haus, ich konnte kaum etwas erkennen. Ich suchte einen Eingang zum Keller, da war auf einmal das Knurren im Raum. Direkt hinter mir standen Dion und Jules.

„Nichts für ungut, ist nichts Persönliches. Aber bitte gehen Sie jetzt."

Er öffnete die Haustür.

„Dion, geben Sie mir bitte die Hunde zurück", sagte ich, so ruhig ich konnte. Ich spürte, wie sich meine Hände zu Fäusten ballten.

„Finn, jetzt hören Sie mal auf, so klein zu denken. Sie sind Zeuge der Geburtsstunde von etwas Neuem. Die Zeit der Komödianten ist vorbei. Jetzt entsteht meine Welt."

„Ihre Welt? Sie gehören nicht hierher, ich gehöre nicht hierher, es ist die Welt der Dona."

„Es ist die Welt dessen, der sie sich nimmt."

Jules stand jetzt vor mir und starrte mich aus seinen blutunterlaufenen Augen an.

„Unsere kleine Party ist zu Ende. Zwingen Sie den lieben Jules nicht, Ihnen wehzutun. Wenn er zubeißt, könnte ihre Hand nicht mehr zu gebrauchen sein."

Die Dona kehrte kurz nach Einbruch der Dunkelheit zurück. Ich sah schon von Weitem, wie sich die Scheinwerfer den Weg über die Hügel ertasteten. Das Lächeln in ihrem Gesicht erstarb, als sie mich ohne die Hunde in der Tür stehen sah. Ich beichtete ihr alles, entschuldigte mich wieder und wieder. Sie blieb ganz ruhig, als wenn sie längst gewusst hätte, dass auch ihre Welt nach dem Scheitern von *Projekt F* in Gefahr wäre. Sie ging sehr langsam Hand in Hand mit ihrem Mann ins Haus.

In dieser Nacht hörte ich zum ersten Mal den Gesang der Nachtigall. Ich setzte mich auf die Terrasse und öffnete eine Flasche Rotwein. Wolken hingen vor dem Mond, das Konzert der Frösche unten am Bach war längst vorüber. Ihr Gesang begann zurückhaltend, einige schöne Tonfolgen, viele Wiederholungen. Als wenn sie sich warmsingen würde. Dann variierte sie die Muster und auch die Rhythmen, wie ein Jazzmusiker, der sich vorsichtig an ein neues Werk herantastete. Sie improvisierte über die Themen, die sie zu Beginn ihres Gesangs ausgebreitet hatte. Die Melodien waren wunderschön, eben noch fröhlich, dann tieftraurig, im nächsten Moment frech und fordernd. Manchmal unterbrach sie ihren Gesang und klang wie eine Rhythmusmaschine, machte Pausen, mitunter so lange, dass ich dachte, ihr Konzert wäre beendet. Doch dann hob wieder eine dieser Melodien an.

Die Geschichte der Nachtigall brachte mich in die Welt von *Projekt F.* Sie sang davon, wie Ella diesen Ort entdeckte, weil sie sich verfahren hatte. Wie sie vor dem Bach, der die Straße überschwemmte, halten musste, so wie ich, als ich zum ersten Mal hierherkam. Wie sie ausstieg und sich überlegte, ob sie weiterfahren sollte, ob der Motor nicht ausgehen würde, wenn sie durch das Wasser fahren würde oder ob der Wagen Schaden nehmen würde. Wie sie die Chamäleons entdeckte, eins berührte, ganz vorsichtig, und dachte, was für feine Tiere. Wie sie barfuß durch das Wasser ging, genau wie ich, und einfach der Straße folgte, bis sie ein verrostetes Schild mit dem Ortsnamen fand, die verlassenen Häuser sah und eine Vision hatte. Hier würde sie ein Haus kaufen. Hier würde sie künftig wohnen, umgeben von Freunden, mit denen sie gemeinsam studiert hatte. Freunden, die in aller Welt zerstreut lebten, denen sie vorschlagen würde, eine Art Kommune zu gründen. Freundschaft schien ihr die härteste Währung und eine Garantie für gemeinsames Glück. *Projekt F* war geboren, der Freundeskreis.

Sie bat einen befreundeten Architekten, die Häuser nach und nach wiederaufzubauen, natürlich im traditionellen Stil, naturnah, innen etwas komfortabler, aber durchgehend einfach. Mehr und mehr Freunde kamen, alle wie sie kinderlose Nomaden, und schwärmten von Ellas einfacher Idee. Zurück zum kleinen Kreis der Freunde. Sie kauften sich Häuser und verbrachten immer mehr Zeit hier. Zu Beginn jetteten sie zwischen Hongkong, London, Paris, New York und all den wichtigen Metropolen dieser Welt hin und her. Sie lamentierten über den provinziellen Flughafen in Lissabon und erst recht den in Faro, sie beklagten den fehlenden Shuttle. Irgendwann mieteten sie sich kleine Fiats und fuhren von Lissabon die Autobahn Richtung Süden, wie ich es getan hatte. Sie stellten fest, dass ihnen die Fahrt guttat, dass sie sich entspannten, dass sie Gefallen daran fanden, ein Auto ohne Navi zu fahren und im Südosten der Algarve herumzuirren auf der Suche nach ihrem Haus. Sie hielten bei den Ziegen und fragten den Besitzer nach dem Weg, verstanden kein Wort, lachten. Irgendwann kamen sie einfach an und erzählten den anderen von ihrer Odyssee. Die Handys blieben die ganze Zeit im Flugmodus. Sie gruben ihre Hände in die rote Erde, stellten sich unter die Eukalyptusbäume, die aussahen wie gigantische Pusteblumen, und sagten: „Es ist so schön hier."

Sie gingen gemeinsam an den Strand und entdeckten das Lagerfeuer wieder und die Nachtgespräche. Ihre Gedanken flogen durch Raum und Zeit, mischten Realität mit Träumen, neue Geschichten entstanden. Sie fanden sich unten am Bach bei den Chamäleons, erfreuten sich am Lächeln der Dona, an ihrer Sanftmut und ihrer schönen weichen Sprache. Sie hörten der Dona gern zu, auch wenn sie nichts verstanden, lachten über ihre Hunde und Katzen, die ihr immer folgten wie ein Hofstaat.

Ella sah das und war glücklich. Ihre Vision schien Realität geworden zu sein. Dann verliebte sie sich.

Als die Geschichte der Nachtigall endete, war es vier Uhr morgens. Die Flasche Wein war leer. Während ich eine letzte Zigarette rauchte, schleppten sich meine Gedanken müde von Ella, ihren Freunden, den Chamäleons, zu Dion und der Dona. Ich dachte darüber nach, was die Dona tun würde, was Dion tun würde. Vielleicht, das war in der Nacht noch meine Hoffnung, war das alles nur ein schlimmer Traum und am nächsten Morgen würden Kiki und Lucy wie jeden Morgen vor meiner Tür auf mich warten. Ich war ziemlich betrunken, als ich ins Bett wankte, und ich schlief, bis mich ein Klopfen an der Tür weckte. Es war Dona Mercedes. Sie wollte, dass ich ihr alles noch einmal ganz genau schilderte. Ich tat es mit den wenigen Worten, die mir auf Portugiesisch zur Verfügung standen. Der Rest war Zeichensprache. Ich musste alles mehrfach wiederholen. Die Dona nickte die meiste Zeit. Ob es den Hunden gutging, als ich sie das letzte Mal gesehen hatte? Ob Dion Forderungen gestellt habe. Die Dona presste mir Orangen aus, sie war sehr freundlich, obwohl ich alles vermasselt hatte. Ich hatte keine Ahnung, was in ihr vorging. Sie ruhte, wie jeden Tag, in sich selbst. Nur ihr Strahlen war einer sorgenvollen Miene gewichen.

Linda war noch nicht zurück. Ich fuhr nicht an den Strand, stattdessen starrte ich wie gebannt auf Dions Haus. Gegen Mittag erschien er auf der Terrasse, winkte mir zu, als wenn wir gute Freunde wären, spannte den Sonnenschirm auf und holte Kiki und Lucy auf die Terrasse. Sie trugen Leinen um die zierlichen Hälse, ihre Schwänzchen waren eingeklemmt, sie trauten sich kaum hinaus. Dion band die Leinen an einem Olivenbaum fest und wies Jules an, sich neben Kiki und Lucy zu legen. Ich bildete mir ein, von hier oben zu erkennen, wie sehr die beiden zitterten. Ich holte die Dona. Sie weinte bei dem Anblick. „Meine Niños", flüsterte sie, „meine Niños." In meiner Hilflosigkeit brachte ich ihr ein Glas Wasser.

Als die Tränen der Dona getrocknet waren, ging sie zu Dions Haus hinunter und klopfte an die Tür. Es dauerte eine Weile, bis er öffnete. Er bat sie nicht herein, blieb einfach nur in der Tür stehen. Wenig später kam die Dona mit hängenden Schultern zurück.

Ich wartete an der Straße auf sie, doch sie nahm mich gar nicht wahr und ging an mir vorbei. Ihr Mann stand vor dem Haus und schloss sie in seine Arme.

Es war alles meine Schuld. Ich war unfähig gewesen, einen einzigen Tag auf ihre Hunde aufzupassen. Nur einen Tag. Nun waren sie in den Händen von Dion, und ich fühlte mich so hilflos wie nie zuvor in meinem Leben. Ich rauchte eine Zigarette und schmiedete Pläne, die ich allesamt wieder verwarf. Dion zu überwinden, traute ich mir zu, aber Jules war ein Monstrum, ein Killer. Ein Biss von ihm und die Chihuahuas wären tot.

Ich ging zu Dions Haus und klopfte.

„Finn, was kann ich für Sie tun?", fragte er höflich.

„Die Hunde", sagte ich, „die Hunde."

„Tut mir leid. Habe ich mich gestern unklar ausgedrückt? Es sind jetzt meine Hunde. Hört denn niemand mehr zu?"

„Dion, warum tun sie das?"

„Weil ich es kann, lieber Finn. Weil ich es kann. Adieu."

Ich wählte mit zitternden Fingern Lindas Nummer, doch sie ging nicht ran. Ihre Mailbox war ausgeschaltet. Ich fuhr zum Strand, setzte mich in eine Strandbar und trank ein Bier. Wolken zogen über den Himmel. Die letzten Tage hätte es mir Freude bereitet, ihren Weg zu verfolgen, heute war es anders. Wo auch immer ich hinsah, suchte ich nach einer Lösung für die Situation, die ich verschuldet hatte. Die Polizei rufen und sie um einen verdeckten Einsatz bitten, Jules mit Schlafmittel versetztes Fleisch zuwerfen, ein Betäubungsgewehr kaufen und von meiner Terrasse auf Jules schießen. Alles schlechte Ideen. Mir fehlte das fröhliche Klingeln der Glöckchen, die Kiki und Lucy um den Hals trugen. Mir fehlte diese unbedingte Lebensfreude. Alles war jetzt anders. Dumpf. Ich fuhr nach Tavira und aß gegrillten Fisch. Als ich zurückkam, dämmerte es, und die Frösche quakten laut. Dion musste mit den Hunden im Haus sein, die Fensterläden waren verschlossen. Im Haus der Dona brannte Licht, aber ich traute mich nicht, anzuklopfen. Ich setzte mich mit einer Flasche Rotwein auf die Terrasse und wartete auf die Nachtigall und die Fortsetzung ihrer Geschichte.

Um 23 Uhr begann sie zu singen. Noch schöner als in der Nacht zuvor. Sie versammelte immer mehr Motive in ihrem Gesang, helle und dunkle. Sie sang von Ella und Dion und von der Freundschaft. Wie Ella Dion bei einer Ausstellung in Lissabon kennenlernte und sich sofort in ihn verliebte. Ihr ganzes Leben hatte sie sich danach gesehnt, einen Franzosen als Partner zu haben. Er war kleiner als sie und 15 Jahre jünger, aber das war ihr egal. Er sah gut aus. Sie wollte ihn immerzu ansehen und berühren. Wie sie ihn bat, in den Zirkel der Freunde einzutreten. Wie er sich weigerte, er sei ein freier Mann, er lebe wunderbar für sich in Lissabon. Dort habe er Freunde. Wie sie bettelte, was sie noch nie für einen Mann getan hatte. Irgendwann nickte er, eine Zigarette im Mundwinkel, und sie strahlte. Sie merkte nicht, dass er nur mit ihr spielte.

Der Freundeskreis nahm ihn begeistert auf, ein charmanter Mann. Er war nicht auf der gleichen Universität gewesen, er hatte gar nicht studiert, er war eine andere Generation, doch Ella bürgte für ihn. Sie kaufte Dion ein eigenes Haus, darauf hatte er bestanden. Und als er einen Hund wollte und die Dona sich weigerte, ihm einen zu verkaufen, ging Ella zu ihr und bettelte so lange, bis sie einen bekam. Er sagte nicht einmal danke. Mit der Zeit stellte sich heraus, dass er trank. Nachts grölte er in die Stille, tagsüber schlief er. Die Freunde begannen zu tuscheln, Ella hörte es nicht. Für die Klagen über das Benehmen ihres französischen Freundes war sie taub.

Der Hund wurde größer und gefährlicher. Man hatte Angst vor ihm und erwähnte das Wort Polizei. Sie erklärte immer wieder das wunderbare Konzept von *Projekt F*, den Freundeskreis, die Magie der Nähe in der Abgeschiedenheit von der Welt und fragte, wann Freunde jemals die Polizei geholt hätten, um ihre Probleme zu lösen. Sie rief alle zusammen, um das Thema zu besprechen, doch Dion erschien nicht.

Irgendwann kam die Polizei. Jules hatte einen kleinen Hund totgebissen, einen Straßenhund, den eine Frau aus dem Freundeskreis zu sich geholt hatte. Beide Seiten wurden gehört. Die Polizei schätzte die Ausländer, aber man mochte es nicht, dass fremdes Geld portugiesische Dörfer aufkaufte. Für die Polizisten schien der Franzose wie einer von ihnen zu sein. Er sprach als einziger fließend ihre Sprache. Er hatte sogar einen prächtigen Hund aus einer traditionellen Rasse. Was gab es gegen ihn zu sagen? Sie fuhren wieder und nichts hatte sich geändert. Dion lachte siegessicher. „Von jetzt an", sagte er, „ist Krieg."

Das ehemalige fröhliche Geplauder des Freundeskreises erstarb im Bellen des Mastiffs. Niemand traute sich mehr, außerhalb seines Grundstücks spazieren zu gehen. Dann kam das Feuer, die Welt um sie herum stand in Flammen. Löschflugzeuge verhinderten das Schlimmste. Doch rundherum war alles verkohlt, dampfend, schwarz. Die ersten reisten ab und baten Makler, ihre Häuser zu verkaufen. Ella flehte sie an, zu bleiben, doch *Projekt F* löste sich auf. Sie ging zu Dion und bat ihn, sie einfach nur in seine Arme zu schließen und festzuhalten. Er saß breitbeinig auf seinem Sofa und rauchte schweigend, als wenn er sie gar nicht bemerken würde. Nur Jules erhob sich und ging knurrend auf sie zu.

Ella lief hinunter zum Bach, dort, wo er die Straße überschwemmte. Sie hielt an der Stelle, wo sie ihre Vision einer harmonischen Existenz im Kreise der Freunde gehabt hatte. Hier war es noch grün, das Feuer war nicht bis hierhergekommen. Sie ging barfuß in den Bach und betrachtete ihre Füße unter Wasser, als wenn sie etwas Fremdes wären. Ein Auto kam, die letzten, die abreisten. Man sagte sich kaum Lebewohl. Als das Auto hinter dem Hügel verschwunden war, riss Ella die Chamäleons aus den Zweigen. Sie schleuderte sie auf die Straße und trampelte mit ihren nackten Füßen so lange auf ihnen herum, bis sie Matsch waren. Dann packte auch sie ihre Koffer und reiste ab.

Als die Nachtigall ihr Lied beendete, war ich in einer

schrecklichen Verfassung. Ich zitterte, mir war abwechselnd heiß und kalt. Ich trank ein Glas Wasser und versuchte, Linda anzurufen. Das Telefon klingelte wieder ins Leere. In der Nacht wachte ich ständig schweißgebadet auf. Am Morgen hörte ich Stimmen. Von der Terrasse aus sah ich die Dona vor Dions Haus stehen und mit ihm reden, genau wie am Vortag. Dion schloss die Tür, doch die Dona blieb. Als er die Tür wieder öffnete, hatte er Lucy auf dem Arm. Ich bildete mir ein, dass sie zitterte. Die Dona streichelte und küsste sie. Dann nickte sie immer wieder, während Dion sprach.

Als sich die Tür schloss, hielt sie die Hände vor die Augen. Ihre Tränen flossen noch immer, als sie mich erreichte. Sie nahm mich an der Hand und führte mich zu ihrem Haus. In der Tür wartete ihr Mann. Sie bat mich ins Haus und erklärte mir die Lage. Morgen würde sie ihre Niños zurückbekommen. Waren ihre Tränen also Freudentränen? Ich konnte es kaum glauben. Ich fragte, woher dieser Sinneswandel, warum erst morgen, doch sie schien mich nicht zu verstehen. Wir tranken gemeinsam einen Brandy und alles schien wieder einigermaßen in Ordnung.

Wenn ich von meiner Terrasse über die weichen Hügel sah, fand ich darin die Farben von Kiki und Lucy. Und ihr Zittern. Ich musste mit jemandem reden und rief noch einmal Linda an, sie ging nicht ran. Ich rätselte, wie es der Dona gelungen war, Dion umzustimmen. Ich rätselte auch, woher die Dona die Kraft und die Güte nahm, einem Trottel wie mir zu verzeihen. Ich war auf sein Theater reingefallen wie ein Kind. Ich hatte eine Aufgabe bekommen und es vermasselt. Sollte ich abreisen, wenn sie ihre Niños wiederhätte? Mich auflösen. Auch mein kleines *Projekt F* war gescheitert und konnte nur durch die Güte der Dona gerettet werden. Ich entschied, auf Linda zu warten.

Ich kam mir sehr nutzlos vor und fuhr an den Strand. Ich schwamm zum ersten Mal im kalten Ozean und ließ meinen Körper vom Westwind trocknen. Über alles hatte sich eine dumpfe Melancholie gelegt. Linda fehlte mir. Ich brauchte sie, um mir über mich selbst klar zu werden. Um die Dona zu verstehen. Ohne sie tanzte ich auf der Stelle. Ich musste ihr erzählen, dass ich die Geschichte der Nachtigall gehört hatte. Ich wünschte mir, dass sie ihre Hand wieder über meine legte. Als ich in das Dorf fuhr, kam mir ein Lastwagen entgegen. Die Dona und ihr Mann standen vor ihrem Haus und sahen ihm nach. Ich wollte sie kurz besuchen, fragen, was der Lastwagen zu bedeuten hatte, doch als sie mich erkannten, schlossen sie die Tür.

Das Froschkonzert war beendet. Ein fast voller Mond stand am Himmel. Ich wartete mit einer Flasche Rotwein auf die Nachtigall. Um 23 Uhr passierte nichts, Stille lag über den sanften Hügeln und Tälern. Fledermäuse flatterten über meine Terrasse, ich hatte das Licht angelassen und Insekten angelockt. Ich malte mir aus, wovon die Nachtigall diese Nacht singen würde. Ich wünschte mir ein Lied von Linda. Doch sie sang nicht. Kurz vor Mitternacht rauchte ich eine letzte Zigarette und wollte enttäuscht ins Bett gehen. Da begann endlich ihr Gesang, fröhlich, wie ein Kinderlied.

Die Nachtigall sang diese Nacht von der Dona. Sie erzählte von Mercedes, die ihr ganzes Leben hier verbracht hatte. Dass ihre Eltern sie immer daheim ließen und wie sich ihr Leben in einem engen Zirkel bewegte. Die einzige Stadt, die sie kannte, war Tavira, nur zwölf Kilometer vom Haus ihrer Eltern entfernt. Sie empfand Tavira schon als Kind als ein verwirrendes Labyrinth. Sie weigerte sich, dort hinzugehen. Nur dem Schulbus vertraute sie, er brachte sie hin und zurück, ohne dass sie verloren ging. Sie liebte die Schule, das Lachen der anderen Kinder, die Spiele, all die neuen Dinge, die sie lernte. Ihre Lehrerin erzählte eines Tages die Geschichte Portugals und die Kinder mussten sie nachspielen. Die Dona bekam die Rolle von Johann VI., dem Prinzregenten. Sie musste eine folgeschwere Entscheidung treffen: Sollte sie bleiben und sich Napoleon unterwerfen oder sollte sie in eine der portugiesischen Kolonien fliehen?

Sie versammelte die anderen Kinder um sich und tat, wie es im Geschichtsbuch geschrieben stand: Sie floh mit ihrem Hofstaat. Sie bestiegen Papierschiffchen und überquerten den Ozean, bis sie in einem fernen Land ankamen, das Brasilien hieß, wo Palmen wuchsen und Affen lebten. Von dort aus regierte sie weiter, in einer Stadt namens Rio de Janeiro, Fluss des Januars.

Sie träumte davon, irgendwann nach Brasilien zu gehen, zu den Affen und Palmen. Dann sagten ihre Eltern, du gehst nicht mehr zur Schule, Mercedes. Dein Bruder ist ein Genie. Er wird zur Schule gehen, dich brauchen wir hier.

Nach drei Schuljahren war alles vorbei und sie lernte nähen, waschen, putzen. In ihrer Freizeit, wenn niemand sie beobachtete, tanzte sie mit den Ziegen, die sie für ihre lustigen Sprünge liebte.

Ihre Mutter war eine freundliche Frau, ihr Vater ein strenger Mann. Wenn er im Haus war, schlich sie still durch die Zimmer. Manchmal traute sie sich nicht, ihn anzusehen. Als sie sechzehn war, befahl er ihr, eine Nachtigall zum Schweigen zu bringen. Er konnte nicht schlafen, weil der Vogel jede Nacht so laut sang. Mercedes legte sich auf die Lauer, unten beim Bach, wo die Nachtigallen immer saßen, sie konnte sie hören, aber nicht erkennen. Sie warf Steine, aber traf nicht. Sie saß noch sehr lange dort und lauschte dem Gesang der Nachtigall. Sie bekam eine Gänsehaut und konnte sich nicht lösen. Sie verstand nicht, wie ein so kleines Tier so eine kräftige Stimme haben konnte. In der nächsten Nacht brachte sie den Kater Antonio. Er lauerte und umschlich die Nachtigall, bevor er angriff. Als er die Nachtigall im Maul hatte, sang sie weiter, bis zu ihrem Tod. Mercedes starrte die beiden Tiere an und lauschte mit Tränen in den Augen gebannt der Todesmelodie der Nachtigall. Schöner hatte sie nie gesungen. Mercedes schwor sich, kein Tier mehr zu töten oder ihm Leid zuzufügen.

Mit 18 heiratete sie. Als sie 20 Jahre alt war, verstarben ihre Eltern bei einem Unfall. Sie zog mit ihrem Mann in das Haus ihrer Eltern und bekam zwei Kinder. Das erste Mädchen starb kurz nach der Geburt. Die zweite Tochter war gesund. Sie sah aus wie ihre Mutter und lachte fröhlich. Die Dona nahm sie früh von der Schule. Sie war kein heller Kopf, ebenso wie sie selbst, was sollte sie dort? Was sollte Schule überhaupt? Sogar ihr Bruder, das Genie, fasste viele Dinge an und brachte doch nie etwas zu Ende. Ihre Tochter verschwand vor ihrem achtzehnten Geburtstag. Sie sagte nicht auf Wiedersehen, sie schlich sich aus dem Haus. Eine religiöse Sekte, murmelten die Nachbarn. Mercedes sagte: „Für mich ist Marta gestorben."

Als die Engländerin zur ihr kam und ihr das erste Haus abkaufen wollte, konnte sie nicht glauben, was sie hörte. Sie hatte sich nie Gedanken über den Wert gemacht, sie sagte einfach eine Summe, die eine ihrer Lieblingsfiguren in einer Telenovela gesagt hatte, als diese ihr Haus verkaufte. Die Engländerin stimmte zu. Sie hatte noch zwei Grundstücke von ihren Eltern geerbt. Auch die verkaufte sie. Jetzt hatten sie und ihr Mann mehr Geld, als sie sich vorstellen konnten, und sie kaufte sich einen neuen Fernseher und zwei Hunde, nannte sie ihre Kinder, Kiki und Lucy.

Einen Tag im Jahr nahmen sie und ihr Mann sich von da an frei und fuhren ans Meer. Sie sagte: „Wir fahren an die Algarve." Sie sagte es so, als würden sie sich auf eine große Reise begeben. Sie kündigte es immer lange vorher an, sodass jeder es wusste. Sie und ihr Mann gingen am Strand spazieren und fühlten sich wie Kinder. Später saßen sie im Auto, schauten auf das glitzernde Meer in der Abendsonne und aßen Thunfisch aus Dosen, dazu gab es Weißbrot. Sie fuhren immer in einer Vollmondnacht, weil seine Augen nicht mehr so gut waren. So sah er auch die Käuzchen besser, die nachts auf den warmen Straßen saßen und konnte rechtzeitig anhalten, damit die langsamen Tiere wegfliegen konnten.

Sie wollte gern die Sprachen der Ausländer lernen und fragte ihren Mann, was er davon hielt. Er sagte: „Du sprichst doch alle Sprachen, wenn du unsere Sprache sprichst. Jeder versteht dich. Mich versteht niemand." So viele Sätze hatte er lange nicht mehr gesagt. Es stimmte, das war ihr auch schon aufgefallen. Also lernte sie keine neuen Sprachen.

Eines Tages kam der Franzose und wollte von ihr einen Welpen kaufen, einen von ihren traditionellen

Hunden, einen Mastiff. Sie sagte nein. Sie mochte ihn nicht. „Er ist ein schlechter Mensch", erklärte sie Kiki und Lucy. „Hütet euch vor ihm!" Doch die Niños sprangen an ihm hoch, wollten gestreichelt werden und auf seinen Arm. Mercedes seufzte. Als seine Freundin kam, die Engländerin, konnte sie nicht nein sagen. Sie mochte diese Frau. Sie ließ die kleinen Mastiffs entscheiden, welcher mit ihr gehen wollte. Es war der Junge. So behielt sie das Mädchen und legte ihr eine Kette um den Hals, als sie größer geworden war. Der Franzose verhexte den Hund, den sie ihm gegeben hatte. Sie konnte sich nicht mehr in seine Nähe trauen; wenn sie zu ihm sprach, fletschte er die Zähne.

Dann brach das Feuer aus. Sie blieb ruhig, sie hatte schon ein Feuer erlebt, da war sie noch ein kleines Kind gewesen. Ihre Mutter hatte gesagt, das Feuer wird uns nichts tun. Sie hatte sich die Ohren zugehalten, weil das Feuer so laut nach ihr gerufen hatte. Als der Franzose am nächsten Tag etwas abseits der Gemeinschaft stand, um die verkohlte Welt zu besichtigen, sah sie ihm kurz in die Augen. Sein linkes Auge war stumm, aber sein rechtes Auge erzählte ihr, dass er der Brandstifter gewesen war. Dann ging er und sie wusste, dass er wiederkehren würde und dass er es auf sie und ihr stilles Glück abgesehen hatte. Sie hatte seine Zerstörungswut längst erkannt, er war wie das Feuer. Doch sie würde sich ihm niemals unterwerfen, ganz gleich, welche Opfer sie dafür bringen musste.

3. Blut

Am nächsten Morgen ging Linda endlich ans Telefon und ich erzählte ihr die ganze Geschichte. Am Mittag war sie bei uns. Sie rammte beim Einparken meinen Mietwagen. Ein Versehen? Ich war mir nicht sicher. Sie sprach die ganze Zeit mit der Dona, mich beachtete sie kaum; einmal glaubte ich, dass sie in meine Richtung zischte. Die Dona hängte die Wäsche ab, die im Wind wehte, und legte sie fein säuberlich zusammen.

„Hast du Wein?", fragte Linda, als sie sich zu mir auf die Terrasse setzte.

Ich öffnete einen leichten Weißwein. Sie trank ein Glas ohne abzusetzen, dann sagte sie: „Finn, du bist ein Idiot."

Ich blickte schweigend zu Boden.

„Du bist so ein Idiot. Ich weiß nicht, wer schlimmer ist, du oder der verdammte Franzose."

„Sie bekommt heute ihre Hunde wieder, oder?"

„Ja."

„Ist dann nicht alles ... irgendwie wieder gut?"

„Nichts ist gut!", schrie sie. „Weißt du, welchen Preis sie zahlt?"

Ich schüttelte den Kopf. Sie trank ein weiteres Glas Wein ohne abzusetzen.

„Er bekommt das Haus."

„Was ...?"

„Er bekommt das Haus."

„Das ist unmöglich!", rief ich. „Zwei Hunde gegen ein Haus ..."

„In einer Stunde fahren sie. Gestern Nachmittag ist der Möbelwagen hier gewesen. Müsstest du mitbekommen haben."

„Ich war am Strand."

„Klar, ist ja Urlaub."

„Nein, ich ..."

„Sie besitzt nicht viele Dinge. Alles war schnell gepackt."

Ich konnte es immer noch nicht glauben.

„Linda, bitte ..."

„Es ist so. Sie fahren nach Lissabon und besteigen ein Schiff nach Rio de Janeiro. Dort lebt eine Tante."

„Sie fährt nach Rio?"

„Finn, du bist doch sonst nicht so langsam. Lass es mich zusammenfassen: Du hast es nicht geschafft, einen Tag auf Kiki und Lucy aufzupassen. Obwohl ich dich gewarnt hatte, bist du zum Franzosen gegangen. Wahrscheinlich dachtest du: Ach, Linda, die übertreibt. Bisschen hysterisch die Gute. Ist doch ein sympathischer Mann. Da geht man gern mal rüber auf ein Glas Wein und nimmt die Hunde gleich mit. Sollen ja auch ihren Spaß haben. Die Folgen deines Ausflugs: Die Dona geht nach Brasilien. Der Franzose zieht in ihr Haus und hat endlich, was er will: das ganze Dorf für sich. Denn auch wir, du und ich, werden gehen, weil wir seine Gesellschaft nicht ertragen können, weil wir die Dona vermissen. Ach, die Dona, während sie weiß, wohin sie geht, bin ich ..."

Linda weinte herzzerreißend. Ich versuchte, ihre Hand zu nehmen. Sie zog sie weg und gab mir eine Ohrfeige.

„Schenk mir noch Wein ein, Verräter!", sagte sie. Sie wischte sich die Tränen aus dem Gesicht, leerte das Glas und lächelte: „Jetzt geht es mir besser."

Die Dona rief nach ihr. Draußen stand ihr Wagen abfahrbereit. Ihr Mann saß am Steuer und rauchte eine Zigarre. Seitdem ich ihn kannte, hatte er nie einen ganzen Satz gesagt. Er sprach nur in einzelnen Worten: Ja. Nein. Aha. Meist sprach er gar nicht, wie jetzt. Die Dona rief die Katzen und ließ sie in das Auto einsteigen. Die trächtige Katze zuletzt. Die Dona zeigte auf das Tier und sagte etwas. Linda antwortete ihr und drehte sich zu mir. „Atlantikkatzen. Sie wird ihre Babys auf der Schiffsreise bekommen, sagt die Dona."

Die Dona nahm Linda an der Hand, ging mit ihr zu Dions Haus und holte ihre Hunde. Kiki und Lucy waren so glücklich, wieder bei der Dona zu sein, dass sie ihr immerfort das Gesicht ableckten. Sie streichelte Kiki und Lucy lange, bis sich die Hunde wieder beruhigt hatten. Sie gab jeder einen Keks, dann durften Linda und ich uns verabschieden, während sie Kissen für ihre Niños auf den Rücksitz legte. Auch uns beiden leckten Kiki und Lucy das Gesicht ab.

„Sie nehmen es mir nicht übel", flüsterte ich.

„Wem würde das nützen? Es sind fröhliche Tiere. Brasilien wird ihnen gefallen, da können sie mit Affen spielen."

Die Dona ging zum Kettenhund. Sie bat uns, Abstand zu halten, doch der Kettenhund war friedlich, nachdem sie ihn losgemacht hatte. Er traute sich kaum, seinen Radius zu erweitern, und als er merkte, dass es möglich war, tastete er sich Schritt für Schritt weiter. Er überquerte die Straße, drehte sich um und sah auf seine Kette. Ein langer, stiller Blick. Die Dona lockte ihn mit Leckerlis zum Auto, doch er weigerte sich, einzusteigen. Er ließ sich von der Dona weder ins Auto ziehen noch schieben. Er stand einfach nur da, als wenn er sagen wollte: Du magst gehen, aber ich, ich bleibe. Ich gehöre hierher.

„Gut", sagte die Dona. Sie erklärte Linda, dass sie den Fleischer beauftragen würde, ihn zu versorgen. Sie umarmte Linda lange. Mich bat sie wieder um Küsse auf ihre Wangen. Sie lächelte, genau wie am Tag meiner Ankunft. Zum Schluss beugte sie sich zum Kettenhund und flüsterte ihm etwas ins Ohr. Er legte sich hin und beobachtete, wie sie mit ihrem Mann, Kiki, Lucy und den Katzen abfuhr.

Wir gingen in mein Haus und tranken eine Flasche Wein zusammen, dann noch eine.

„Die Dona wird mir fehlen", sagte Linda. „Sie war meine Freundin." Und später: „Die Dona hat es genau gewusst. Sie hat einen siebten Sinn."

Ich nickte.

„Du darfst dir keine Vorwürfe machen. Es war zwar dumm und leichtfertig von dir, aber wenn nicht so, dann hätte der Franzose sein Ziel auf einem anderen Weg erreicht."

„Er ist wirklich ein Teufel. Er gibt nicht auf, bis alles zerstört ist. Was er wohl jetzt tun wird? Bald sind auch wir weg, dann hat er das Dorf für sich allein."

„Bestimmt hat er längst einen Plan und zieht hier sein Ding durch."

„Zuzutrauen wäre es ihm."

„Projekt T", sagte Linda. „Der Teufelskreis."

„Stell dir vor", sagte ich, „ein Dorf voller Teufel. Sie werden sich gegenseitig umbringen."

Wir redeten über Gott und die Welt, beobachteten dabei Dions Haus. Er saß unter einem Sonnenschirm und trank Rotwein. Er hatte es nicht eilig. Als es dunkel wurde, torkelte er ins Haus, gefolgt von seinem Hund.

Um 23 Uhr begann die Nachtigall wieder zu singen. Ein neues Motiv, voller Weltschmerz, melancholisch. Wolken verdeckten den Mond.

Sie sang von einem Mädchen, das das Meer liebte. Erzählte, wie sie stundenlang am Strand spazierte und Muscheln sammelte, wie sie Krebse und Quallen befühlte und bestaunte. Wie sie als Jugendliche im Urlaub in Namibia eine Robbe am Strand fand. Ein Baby, das allein in der Sonne lag und nach seiner Mutter rief. Sie setzte sich zu ihm. Wenn Menschen vorbeikamen, fragte sie, ob sie helfen könnten, doch keiner wollte etwas tun. Einer sagte: „Das ist der Lauf der Natur. Weiter oben an der Küste sterben jedes Jahr Tausende Robbenbabys." Sie nahm das Baby auf den Arm und trug es in das kalte Wasser. Es schrie nur kurz, als es angehoben wurde, dann war es ganz ruhig und weich. Es schwamm, aber nur im Kreis. Immer wieder um sie herum. Sie trug die Robbe weiter hinaus ins Meer, dahin, wo sie die anderen Robben vermutete. Wieder schwamm das arme Tier hilflos im Kreis. Etwas stimmte nicht mit seinen Flossen. Sie lief zu ihren Eltern ins Hotel. Ihre Mutter ging mit ihr und sagte: „Die Robbe ist verletzt. Das ist der Lauf der Natur. Es ist grausam. Lass uns gehen." Die ganze Nacht weinte sie. Als sie am Morgen nachsah, war die Robbe nicht am Strand und auch nicht im Meer zu sehen. Vielleicht hatte die Mutter sie ja doch gefunden. Sie beschloss an diesem Morgen, mit Tieren zu arbeiten, wenn sie erwachsen war.

In der Kindheit war sie in einen Jungen verliebt, der ein rotes Spielzeugauto hatte. Von da an wollte sie unbedingt einen Mann mit einem roten Auto heiraten. Sie traf ihn im Norden von Deutschland, in Kiel. Er fuhr einen Porsche, den ihm seine Eltern zum bestandenen Physikum gekauft hatten. Sie zogen nach Lissabon, wo er als Assistenzarzt arbeitete und sie eine Stelle als Meeresbiologin fand. Er hatte ein Semester in England studiert und dort Ella kennengelernt. Sie fragte, ob er bei *Projekt F* mitmachen wolle. So bezogen sie ein Wochenendhaus an der Algarve und kauften sich ein Zweites zum Vermieten. Linda kümmerte sich um die Handwerker und verbrachte viel Zeit an der Algarve. Eines Tages wollte sie ihn überraschen und fuhr nach Lissabon. Sie fand ihn während seiner Nachtschicht mit einer Schwester in der Badewanne. Sie fuhr wieder zurück und blieb dort. Wartete, dass er kommen und alles erklären würde. Er kam nicht. Einige Tage später meldete sich sein Anwalt.

Die Nachtigall machte eine Pause. Die Wolken vor dem Mond hatten sich verzogen. Es war fast taghell. Linda weinte leise.

„Da, sieh mal, der Kettenhund", flüsterte ich.

„Finn, was tut er? Will er sich umbringen?"

Der Kettenhund trottete langsam zum Haus des Franzosen. Er bellte einige Male. Kurz darauf öffnete sich die Tür und Jules drückte sich hindurch. Er wirkte größer als der Kettenhund, breiter, mächtiger. Die Hunde standen sich im Abstand von wenigen Metern gegenüber. Ob sie sich erkannten?

Ich bin mir nicht sicher, wer von ihnen angriff, ich glaube, es war Jules. Sie standen auf den Hinterbeinen, Brust an Brust und Jules fasste seine Schwester am Hals oder Ohr, ich konnte es nicht genau erkennen. Dion feuerte ihn an. Minutenlang versuchte Jules, sie zu Boden zu drücken. Als es ihm gelang, hielten Linda und ich den Atem an. Der Kettenhund strampelte mit den Beinen, er versuchte, Jules wegzustoßen, doch es gelang ihm nicht. Minuten vergingen. Plötzlich riss der Kettenhund sich aus der Umarmung, packte Jules am Ohr und es begann das gleiche Spiel wie zu Beginn des Kampfes, nur mit vertauschten Rollen. Linda hielt sich die Hände vor die Augen. Dion schrie, tanzte um die Hunde herum, streichelte Jules über den Rücken. Doch es nützte nichts, der Kettenhund hatte Jules fest im Griff und drückte ihn unerbittlich zu Boden. Das Knurren, das den Kampf begleitet hatte, hatte aufgehört. Die Nachtigall schwieg. Irgendwann strampelte Jules nicht mehr mit den Beinen. Er lag jetzt ganz still am Boden.

„Ist er tot?", flüsterte Linda. „Ich kann nicht hinsehen."

„Jules!", schrie Dion. „Jules!" Er beugte sich über die Hunde. Jules rührte sich nicht. „Attacke, Jules", schrie er immer wieder. Die Hunde verharrten in der gleichen Position. Die Nachtigall begann zu singen. Langgezogene Laute, klagend, traurig. Ich bekam eine Gänsehaut. Ihr Gesang schien die Hunde zu beruhigen. Der Kettenhund löste seinen Biss, legte sich neben Jules ins Gras und begann, dessen Wunden zu lecken. Das Hecheln der Hunde war bis hier oben zu hören, sie mussten vollkommen erschöpft sein von ihrem Kampf. Dion kniete sich vor seinem Hund nieder und schrie immer wieder „töte sie!", doch Jules reagierte nicht.

Auf einmal erhoben sich die Hunde und begannen, furchtbar zu knurren. Seite an Seite gingen sie mit gefletschten Zähnen auf Dion zu, der rückwärts Richtung Haus taumelte. Er warf etwas nach ihnen, ich konnte nicht erkennen, was es war. Im Mondlicht ahnten wir das Entsetzen in seinem Blick, bevor er sich umdrehte, ins Haus lief und die Tür hinter sich zuwarf. Die beiden Hunde legten sich wieder ins Gras. Jules schien zu schlafen, während der Kettenhund genau das tat, was er immer getan hatte, Wache halten.

„Es ist vorbei", flüsterte ich.

„Wollen wir dem Hund einen Namen geben?"

„Ja."

„Wie wäre Mercedes?"

„Perfekt."

„Lass uns schlafen gehen", sagte Linda. Sie nahm meine Hand und zog mich ins Haus.

Um drei Uhr wachte ich auf. Die Nachtigall schwieg. Kurz fragte ich mich, ob eine Katze sie erwischt hatte, oder hätte sie dann nicht erst recht gesungen, so schön wie nie zuvor? Linda neben mir schlief. Ich wollte sie nicht wecken und fragen, ob die Nachtigall vielleicht ein Weibchen gefunden hatte und deswegen nicht mehr singen musste.

Am nächsten Morgen waren die Hunde immer noch dort. Mercedes schlief und Jules patrouillierte ums

Haus. Ein Handy klingelte, aber niemand ging ran. Ich sah Dions Gesicht hinter der Scheibe. Ein Fensterladen war geöffnet und er starrte auf den Rasen. Jetzt wusste ich, was er gestern nach den Hunden geworfen hatte. Am Mittag kam der Metzger und gab den beiden Hunden ihre Futterration, die sie gierig fraßen. Im hellen Sonnenlicht konnte ich erkennen, wie sehr sie sich gestern zugesetzt hatten. Überall in ihrem Fell klebte Blut.

Ich lud unsere Sachen in meinen Mietwagen. Linda und ich wollten nach Tavira, ein Zimmer mieten und unsere Tage am Strand verbringen. Wir hatten uns viel zu erzählen. Das Letzte, was wir sahen, waren die beiden Hunde, die um das Haus patrouillierten.

„Wird er fliehen?", fragte Linda.

„Er würde nicht weit kommen."

„Sollen wir die Polizei rufen?"

„Was würde die Dona tun?"

„Sich nicht in den Lauf der Dinge einmischen", sagte Linda und öffnete die Autotür.

Wir stiegen ein und fuhren los, ohne uns noch einmal umzudrehen.

Qué pasa?

»Ich bin überzeugt, dass Hunde im Grunde denken, die Menschen seien verrückt.«

– John Steinbeck

Zum letzten Mal besuchte ich meinen Vater an einem Sonntag. Jorge war schon alt, und weil er als aggressiver Raufbold galt, hatte er keine Freunde. Niemand wollte ihn mit nach Hause nehmen oder auch nur einen kleinen Spaziergang mit ihm wagen. Ich glaube, er litt darunter, doch er beklagte sich nicht.

Als ich selbst noch jung war, knurrte er mich an, knuffte mich, biss auch mal zu. Nun, es ist lange her. Und wie heißt es so schön? Die Zeit heilt alle Wunden. Ich erinnere mich auch an glückliche Tage, an denen er mit mir über die Wiesen tollte und Fangen spielte. Mein wilder Vater Jorge.

An jenem Sonntag brachte mich mein Herr, vornehm nach tunesischer Orangen- und marokkanischer Grapefruitblüte duftend, zu ihm. Später wollte er mich wieder abholen für ein großes Familientreffen, auf dem auch Fotos gemacht werden sollten. Als einziger Hund in der Familie sollte ich ganz vorn im Bild liegen. So war es besprochen. Ich sah besonders gut aus – frisch gewaschen und gebürstet, mein Fell glänzte prächtig. Um meinen kräftigen Hals trug ich mein Sonntagshalsband, Modell Landlord Kroko. Ich konnte es mit jedem Königspudel aufnehmen, der frisch aus dem Frisiersalon kam und feinsten amerikanischen Continental Clip zur Schau stellte, und dabei noch aussehen wie ein Hund und nicht wie eine Karikatur. Ich war nicht irgendein Hund. Ich war ein Mastiff mit langem Stammbaum, man brachte mir Achtung entgegen und öffnete mir die Tür zu Jorges Zwinger mit einer leichten Verneigung.

In Jorges müden Augen meinte ich Funken von Freude zu erkennen. Er blieb liegen, drehte nur seinen Kopf. Vorsichtig ging ich zu ihm, und plötzlich sprang er auf und begrüßte mich bellend und schwanzwedelnd wie in alten Zeiten.

„Qué pasa?", murmelte er – was läuft?

Gleich darauf legte Jorge sich wieder auf den Boden und bedeutete mir, es ihm gleichzutun. Dann begann er mit seiner rauen, tiefen Stimme zu sprechen.

„Fabiano, mein Junge, es ist schön, dich an diesem verregneten Sonntag zu sehen. Regenwetter ist Geschichtenwetter. Und heute will ich dir eine Geschichte erzählen, die dich mit Stolz erfüllen wird, eine Geschichte, die du deinen Kindern erzählen sollst, damit auch sie mit Stolz erfüllt sind. Die Geschichte hat sich vor langer Zeit zugetragen, sie handelt von deinem Ur-ur-ur-ur-ur-ur-ur-urgroßvater, dem Begründer unserer Familie."

Er schnaufte einige Male. Für Worte mit Überlänge fehlte ihm der Atem. Nach einer kleinen Pause fuhr mein Vater fort.

„Wir befinden uns im Jahr 1656 im Alcázar, dem Palast des Königs in Madrid. Dort lebte Domingo, ein wundervoller reinrassiger Mastiff, eine Pracht. Es war der Lieblingshund des Königs. Philip IV. war ein guter Mensch. Er verstand sich nicht so sehr auf das Regieren, das überließ er lieber anderen, doch er schrieb Dramen, spielte in höfischen Aufführungen und belustigte alle mit seinem Spiel. Er war auch liebevoll zu Tieren, besonders zu Domingo, zu seiner Zeit der Erste Hund Spaniens. Domingo kämpfte gegen Bären und Wildschweine, und er gewann immer. Der König achtete peinlichst genau darauf, dass dem Bären vorher die Krallen gezogen und das Maul zugebunden wurde. Wildschweine ließ er anbinden und vorher von einer wilden Meute Hunde niederen Ranges so nah an die Schwelle des Todes treiben, dass Domingo sie im Finale elegant hinüberschubsen konnte. Domingo war ein Sieger.

Der König hatte eine Tochter, die Infantin; sie hieß Margarita, war fünf Jahre alt und ein bezauberndes Wesen. Ständig wollte der stolze Vater sie ansehen. Nicht nur er: Alle wollten sie ansehen, der gesamte Hof, und so beschloss Philip, bei seinem Hofmaler ein ganz besonderes Bild in Auftrag zu geben. Kein einfaches Bild, kein schlichtes Porträt der Infantin. Nein, ein Tableau. Ach, dieses Bild! Mit ihm begann der Ruhm unserer Familie, aber auch die Schande."

Mein Vater machte eine Pause, blickte auf den Betonboden, traumverloren, so als müsste er verstreute Gedanken wie Krümel wieder einsammeln. Ich lag schweigend bei ihm. Der Regen trommelte auf das Dach des Zwingers, ich hörte Stimmen von Menschen, die sich umsahen, irgendwo kreischte ein Kind.

„Das Bild, mein Sohn, war kompliziert, groß und vieldeutig. Elf Personen waren darauf schließlich zu sehen. Es dauerte Monate, dieses Bild zu malen. Domingo hat es erst geliebt, dann aber gehasst."

„Geliebt? Gehasst?"

„Genau, mein Junge. Geliebt und gehasst. Domingo war Teil dieses Bildes, auch er ist darauf zu sehen. Es machte ihn so stolz, dass ein Hund, ein spanischer Mastiff, er selbst, darauf gemeinsam mit der kleinen Thronfolgerin festgehalten werden sollte. Doch der Stolz verwandelte sich in Ärger, in Wut, in Hass. Nicht weil er so viele Stunden und Tage stillliegen musste. Er war wie wir alle ein ruhiger Geselle, er schätzte seinen Schlaf und genoss die Muße. Modell liegen, das passte gut in seinen höfischen Alltag. Nein, es war wegen einer anderen Figur, die ebenfalls zum Tableau auf dem Bild gehörte: einem bösartigen Hofzwerg. Aber dieser hässliche Zwerg sollte seine gerechte Strafe bekommen, er ...“

Er bellte einige Male gedämpft.

„Das Bild zeigt einen Raum, ein Atelier. Alle Figuren sind in Lebensgröße dargestellt, auch Domingo ist so prachtvoll wie im wirklichen Leben. Im Zentrum siehst du die Infantin Margarita, sie trägt ein helles Kleid. Ihr Gesicht und ihre blonden Haare sind erleuchtet. Eine engelhafte Erscheinung! Sie steht und sieht direkt aus dem Bild hinaus zum Betrachter.

Links von ihr kniet ein Hoffräulein und reicht ihr etwas zu trinken, rechts neigt sich ein anderes Hoffräulein ihr zu. Vor ihr liegt Domingo. Sein Fell glänzt fantastisch, wie deins heute, mein Sohn, er hat vornehm die Vorderpfoten parallel zueinander ausgestreckt, die Hinterpfoten angezogen. Er blickt auf den Boden. Er scheint so entspannt zu sein wie es der Erste Hund Spaniens nur sein konnte, denn er existierte schließlich auf höchstem Niveau.

Doch das war eine Lüge. Es war nur das, was alle sehen sollten. In ihm brodelte es, denn hinter ihm standen zwei Hofzwerge, ein Mann und eine Frau. Und der männliche Zwerg trat ihn. Ein Zwerg! Ihn! Den stolzen Hund des Königs. Der Bären und

Wildschweine bezwang. Ihn! Was auch immer sich der Maler dabei gedacht hatte, Domingo fasste es als furchtbare Beleidigung auf. Bedenke, der Zwerg trat ihn ja nicht nur einmal, sondern immer wieder, weil das Bild so groß und kompliziert war, dass der Maler Monate benötigte, um es fertigzustellen. Immer wieder dieser Tritt von einem Zwerg."

„Zwerge – ich dachte, das wären Märchenfiguren."

„Das dachte ich auch. Kindliche Körper, erwachsene Köpfe, böse Herzen – so habe ich mir Zwerge vorgestellt. Bücherzwerge. So war es wirklich. Der spanische Hof hatte zu dieser Zeit viele von ihnen als Spielzeug und Prügelknaben für Infantinnen und Infanten. Man hatte geradezu solche Zwerge gesammelt."

„Und dieser Zwerg trat unseren Ur-ur-uropa Domingo?"

„Richtig. Er trat ihn wieder und wieder, weil die Kunst es so verlangte."

„War das denn wichtig für das Bild?"

„Ach, das Bild! Was war wichtig, was war unwichtig? Wer kann das sagen. Ich muss es dir weiter beschreiben, damit du siehst, dass der Maler mit dem Bild auch tausend Rätsel in die Welt gesetzt hat. Keiner kennt sich aus. Hinter den Zwergen stehen rechts im Bild zwei weitere Personen, ein Mann und eine Frau. Ich kann mich nicht erinnern, was ihre Funktion war. Farblose Wesen. Ganz links steht der

Maler selbst, genau der Maler, der das Bild malt. Auch er ist Teil des Bildes. Sein Name ist Diego."

„Der Maler? Was tut er denn auf seinem Bild?"

„Was soll er schon tun? Er malt ein Bild, genau genommen hält er gerade inne und betrachtet es. Auch dieses Bild ist riesig und es steht auf einer Staffelei am Rand des echten Bildes – kannst du mir folgen? –, aber man sieht als Betrachter nur die Rückseite. Die Vorderseite sieht der Maler.

Du merkst, das ist ganz ein seltsames Bild. Ein Hund, der von einem Zwerg getreten wird – wer will das ansehen? Und dann noch eine Leinwand und eine Staffelei – von hinten! -, wen vermag das zu faszinieren? Aber es kommt noch schlimmer!

Als wenn dieses ganze Durcheinander nicht genug wäre, finden sich im Hintergrund des Bildes, dort, wo es ganz düster ist, drei weitere Figuren. Ich beschreibe sie dir.

Da steht ein Mann auf einer Treppe, er hält eine Tür. Hinter ihm ist es hell, ein erleuchteter Nebenraum. Der Mann sieht die gemalte Gruppe an. Es handelt sich um den Hofmarschall. Er macht so sinnvolle Dinge wie dem König die Türen zu öffnen. Aber wo ist der König, dem er die Tür aufhält? Vielleicht steht er da, wo der Betrachter steht, und alle Figuren im Bild schauen zu ihm. Vielleicht deshalb, weil er gerade gemalt wird. Denn, links neben der Tür findet sich ganz unauffällig noch ein Bild – wieder ein Bild im Bild. Es zeigt den König und die Königin.

Doch es handelt sich um eine Illusion. In Wirklichkeit ist das gar kein Bild, sondern ein Spiegel! Ein Spiegel, der das Bild, das der Maler im Bild malt, spiegelt. So ist das Königspaar zugleich im Bild und doch nicht im Bild. Und wenn der Maler im Bild das Paar malt, dann mag es dort stehen, wo der Betrachter steht, denn genau dort schaut der Maler ja hin.

Mein Sohn, dein zerknautschtes Gesicht verrät mir, dass es dir nicht leichtfällt, das Gemälde nur mithilfe der Vorstellungskraft zu rekonstruieren. Ich kann das sehr gut verstehen. Aber du musst es versuchen! Und bedenke: Es ist schwer für einen alten Hund, das Bild so zu beschreiben, dass es vor dir steht. Auch mir ist es zunächst nur beschrieben worden, genau wie meinem Vater und dessen Vater. Der Einzige, der es je in voller Pracht gesehen hat, ist Domingo. Und auch er hat es in seiner Vollendung nur kurz gesehen, an jenem Unglückstag ...“

„Vater, es fällt mir in der Tat nicht leicht, aber ich bin zu neugierig, um aufzugeben. Was für ein Unglückstag?“

Vater ignorierte meine Frage, nach einer kurzen Atempause sprach er einfach weiter: „Jetzt stell dir vor, Fabiano, was passierte. Das Bild wurde nicht verhöhnt und verbrannt für dieses Durcheinander. Es wurde auch nicht einfach übermalt. Nein: Die Menschen verehrten es! Es wurde das wertvollste Bild des Alcázar: 10.000 Dublonen! Und mit den Jahrhunderten wurde es sehr berühmt. Auch uns hat das Bild berühmt und unsterblich gemacht, unsere Familie und jeder Vater in unserer Ahnenreihe erzählt die Geschichte seinem Sohn."

„Die Geschichte, Vater? Nun sag schon, was ist denn passiert?"

„Das, Fabiano, ist eine sehr gute Frage."

Er schaute wieder auf den Boden, wie um ihn nach der Fortsetzung der Geschichte abzusuchen. Etwas Sabber lief ihm aus dem Maul.

„Millionen Menschen haben Domingo bereits bewundert, er liegt in dem Bild wie ein Wachhund, falls der Betrachter es wagen sollte, zu versuchen, in das Bild einzutreten. Ein bisschen lädt es ja dazu ein, weil alles lebensgroß ist, wie ein offener Raum. Weißt du, einer deiner Urgroßväter, Rubino, er war ja äußerst philosophisch. Wenn Langeweile oder schlechtes Wetter ihn melancholisch stimmten, dann lag er stundenlang auf seiner Decke und dachte nach.

„Rubino?" Mein Vater war kein Freund der geraden Erzählung. Meist wählten seine Worte verschlungene Pfade. Ich brauchte Geduld.

„Rubino. Er war sehr schlau und verbrachte viele Stunden damit, über dieses Bild nachzudenken. Und er kam zu folgendem Schluss: Er glaubte, es wäre gar kein Bild, sondern vielmehr gemalte Philosophie. Ein Bild über die Grenzen der Malerei. Ein Rätselbild. Scheinbar eine ganz alltägliche Szene, alle Figuren eingefroren, wie auf einem Schnappschuss, den jemand macht, der das Atelier betritt. Doch dieser Schnappschuss hat es in sich. Irgendwie ist es dem Maler gelungen, uns als Betrachter mit zu malen, obwohl wir gar nicht vorkommen. Genau wie das Königspaar. Oder der Maler, also der echte Maler, nicht der im Bild. Wir fehlen und sind trotzdem da. Sobald wir vor dem Bild stehen, merken wir, dass dem Bild ohne uns etwas fehlt. Wir werden zum Teil des Bildes, ob wir wollen oder nicht. Und auch Gott, behauptet er, wird Teil des Bildes.

Rubino war ein Metaphysiker. Er behauptete fest, Gott wäre in dem Bild, auch wenn ihn niemand sehen konnte. Vielleicht war er das Licht, das die Infantin von oben wie ein Engelchen erscheinen ließ, vielleicht war er in der Farbpalette, die das Bild im Bild entstehen ließ, vielleicht war er der Spiegel, der erst die Königin und den König ermöglichte. Ich habe es nie genau verstanden. Aber du siehst: Solche tiefen Gedanken hatte Rubino, um seine Melancholie zu vertreiben.“

Ich legte meinen Kopf auf die Seite und schaute klug, obwohl ich kein Wort verstanden hatte. So machte ich es seit meiner Jugend.

Mein Vater stand auf, ging zu seiner Decke, zupfte an ihr herum und kam zurück mit einer Rolle im Maul. Wir rollten das Bild gemeinsam aus und stellten unsere Pfoten auf die Ecken. Lange schauten wir es uns an.

Ich brach das Schweigen: „Vater, warum hast du mir nicht gleich das Bild gezeigt?"

„Junge", erwiderte er, „es ist nicht das Gleiche, ob man sich das Bild oder wie in unserem Fall die verkleinerte Kopie davon ansieht, die Alfonso – der schönste aller unserer Urahnen – in einem schwachen Moment an sich genommen hat, oder ob man jemandem lauscht, der es beschreibt. Wer einer Beschreibung zuhört, der malt das Bild im Kopf. Und das ist viel wertvoller."

„Es sieht anders aus, als ich es mir vorgestellt hatte."

„Was ist denn anders?"

„Ich dachte, die Zwerge würden böser aussehen."

„Ach, die Zwerge. Es sind seltsame Geschöpfe, für ein Kind zu alt, für einen Menschen zu klein, für einen Hund zu hässlich."

„Ja, und Domingo wirkt auf mich viel wichtiger als die Infantin selbst, schließlich liegt er ja ganz vorn."

„Darüber, Junge, habe ich viel nachgedacht. Ich habe mir das Bild Stunde über Stunde angesehen und über die Absicht des Malers gegrübelt. Vielleicht zeigt das Bild ja etwas ganz Anderes, etwas, wofür Domingo zur zentralen Figur wird. Nicht die Infantin, nicht der Maler, nicht die Zwerge – Domingo. Wofür steht Domingo? Für die Treue! Und Milagro, ein weiterer Ur-ur-urgroßvater legte die Treue und Liebe zum Herrn als das Wichtigste überhaupt aus und behauptete dann, das sei auch das Thema des Bildes. Die Treue aller zu dem König, der aber selbst gar nicht im Bild ist. Es sei ein großer Trick, das Wichtigste als das Unbedeutendste zu zeigen. Es in einem kleinen Spiegel zu verstecken. Hier, sieh!"

Die Kopie des Meisterwerks war sehr dunkel, aber ich konnte das Königspaar im Spiegel erkennen. Ich hatte den Spiegel zunächst für ein Bild gehalten, das an der Wand hing und ihm keine weitere Aufmerksamkeit geschenkt.

„Ein weiterer Trick besteht darin, nicht die Menschen, sondern Domingo zum Schlüssel für das tiefere Verstehen des Bildes zu machen. Unseren Domingo. Denn es ist wie du sagst: Natürlich steht Domingo ganz besonders für die Treue. Er folgte nur dem König und niemanden sonst. Domingo ist der Schlüssel. Nicht die Zwerge, nicht der Maler, nicht die Infantin. Domingo. Unser Ur-ur-ur-ur-ur-ur-ur-urgroßvater."

Er schnaufte, atemlos und stolz auf seine Interpretation.

„Vater, das ist ja wunderbar! Domingo ist nach dem Königspaar die wichtigste Figur in dem Bild. Ein Hund. Mein, dein, unser Opa. Das ist doch eine wunderbare Geschichte. Jetzt erzähle mir doch bitte, was für einen Unglückstag du meinst. Bald werde ich abgeholt und ich will gern heute noch erfahren: Was ist passiert?"

„So höre. Die Treue, die das Bild zeigt, zerbrach im

Moment seiner Vollendung. Vorbei, alles vorbei …"

Er blickte mir schweigend einige Sekunden lang tief in die Augen, dann fuhr er fort: „Der Zwerg, das habe ich ja bereits erwähnt, der Zwerg ärgerte Domingo immer wieder, wenn sie für das Bild Modell standen. Warum tat er das? Domingo hat es herausgefunden. Der Zwerg wurde in den Wäldern gefangen. Als er noch ein Wildzwerg war, da war er ein netter Kerl. Doch als er in den Palast kam, da stand er eines Tages vor einem Spiegel und erkannte sein wirkliches Aussehen. Er erschauderte und war fortan ein Giftzwerg, der sich an allen rächen wollte für seine eigene abscheuliche Hässlichkeit.

Du weißt, mein Sohn, wir Mastiffs haben viel Geduld, vielleicht sind wir die geduldigsten Hunde auf dieser Erde. Aber irgendwann ist auch unsere Geduld erschöpft. Es kam also der Tag, an dem das Gemälde vollendet war und mit ihm auch das andere Gemälde, das, wovon wir im Bild nur die Rückseite sehen. Der Maler hatte es parallel gemalt. Dieses Bild war ganz anders: ein fantastisches Bild des Königs und seiner jungen Frau. Domingo schwört, es war nicht nur das klarere Bild von beiden, nein, es war auch viel strahlender, ein Glücksfall der Kunst. Wir müssen ihm glauben, denn schließlich hebt er dieses Bild damit über das andere, auf dem er selbst zu sehen ist und das ihm, wie wir annehmen müssen, sehr geschmeichelt hat.

Die Bilder jedenfalls waren an jenem Tag vollendet, der Maler hatte gerade bei dem Bild im Bild die letzten Tupfer seines Genies hinterlassen, da betraten der König und die Königin das Atelier und freuten sich über die neuen Kunstwerke, die Gruppe der Figuren löste sich auf, die Infantin ging zu ihren Eltern – oder besser: sie wollte zu ihren Eltern gehen –, der Maler entspannte sich, die Hoffräulein begannen zu plappern, die Figuren hinter den Zwergen wollten den Raum verlassen. Nur die Zwerge blieben, wo sie waren, und auch Domingo blieb liegen, weil ihn an diesem Tag die Migräne plagte und er etwas schläfrig war.

Da versetzte ihm der kleinere der Zwerge mit aller Kraft einen Tritt in die Seite und begann, teuflisch zu lachen. Auch der andere Zwerg lachte infam und schlug sich dabei auf die Schenkel. Domingo, noch halb im Schlaf, sprang auf, ohne sich vorher Klarheit über die Situation zu verschaffen und warf den Zwerg um. Der am Boden zappelnde Zwerg rammte ihm seinen Fuß in den Magen und während Domingo vor Schmerz jaulte, flüchtete der Zwerg quer durch den Raum.

Domingo war mit einem Satz bei ihm. Unglücklicherweise kreuzte die Infantin ihren Weg, alle drei stolperten und rollten durch den Raum. Die Gesellschaft hielt den Atem an, der Maler zog seine Farbpalette vor die Brust, König und Königin waren sich einen Augenblick unsicher, ob sie lachen oder schimpfen sollten. Entscheidende Sekunden vergingen. Als der Zwerg sich wieder aufrappelte, war alles verloren. Domingo warf ihn wieder um, beide purzelten in das Bild, das wunderbare Bild des Königspaares. Wie in Zeitlupe kippte es nach vorn. Ein Bild, fast so hoch wie der Raum selbst. Die Welt schien stillzustehen, das Bild fiel eine majestätische Ewigkeit lang. Alle schwiegen. Kein Ton, selbst der wilde Atem des Zwergs stoppte. Domingo konnte genau beobachten, wie der Maler entsetzt zum oberen Bildrand schaute, als wollte er sein Werk mit seinem Blick auffangen. Wie er Palette und Pinsel fallenließ, in die Knie ging und die Infantin an sich zog, um sie zu schützen. Wie das Bild schließlich den Maler, die Infantin, ein Hoffräulein und den Zwerg unter sich begrub.

Domingo konnte sich mit einem Satz retten. Er hatte großes Glück, denn das spanische Hofzeremoniell zu dieser Zeit regelte die kleinste Bewegung aller Menschen im Umkreis von Königin und König. Es gab also eine zeremonietreue Verfolgung, aber da war Domingo längst fort, nur der Zwerg, der sich auch außerhalb des Zeremoniells aufhalten durfte, doch nicht so schlau war wie wir Mastiffs, der Zwerg wurde schnell gefasst. Domingo kannte alle Schleichwege, die nur Hunde kennen, und floh aus dem Palast." Jorge machte eine kurze Pause und blickte an die Decke. „Mein Sohn: Größe und Fall, Ordnung und Chaos – was für schreckliche Nachbarn sie doch sein können!"

Ich war furchtbar aufgewühlt, musste aufstehen

und mit dem Schwanz hektisch hin und her wedeln. Jetzt, wo mein Vater schwieg, schwirrten mir komische Gedanken im Kopf umher. Ich wollte sie verscheuchen, schüttelte mich, schloss die Augen, aber immer wieder sah ich das Bild von Domingo, wie er in Verfolgung des Zwergs zur Ursache für die Zerstörung des Bilds wurde und danach flüchtete.

„Fabiano", hob mein Vater wieder an, „ich erzähle dir diese Geschichte noch aus einem anderen Grund. Höre! Domingo lebte nach seiner Zeit als Erster Hund Spaniens auf der Straße. Alle respektierten ihn dort, weil er so stark und imposant war, aber natürlich trennten sie Welten. Seine Vornehmheit, sein Gefühl für die perfekte Distanz, sein erlesener Geschmack, all das fand hier keine Beachtung. Auf der Straße zählten sein Instinkt, seine Kraft und seine Klugheit. Sie sicherten sein Überleben.

Eines Tages setzte sich eine junge, schöne Zigeunerin zu Domingo. Ihre Haare waren schwarz und zum Zopf geflochten, ihre Lippen strahlten dunkelrot und sie trug einen wundervollen Schnurrbart. ‚Ich kenne dich', sagte sie. ‚Du bist Domingo, du warst der Erste Hund des Landes. Etwas ist passiert mit einem Bild, viel erzählt man sich. Jetzt bist du nicht mehr der Erste Hund. Du lebst auf der Straße. Bei den Armen. Bei uns. Ich will dir etwas über deine Zukunft erzählen, gib mir deine linke Pfote.' Kaum hatte sie seine Pfote studiert, erschrak sie fürchterlich: ‚Oh, was ich sehe, ist ...'"

Ich wusste, was die Zigeunerin sagen würde. In diesem Moment sah ich die Dinge so klar wie nie zuvor. Ich wusste, dass Domingo über die Jahrhunderte mit mir verknüpft war. Sein Schicksal und mein Schicksal hingen zusammen. Seitdem mein Vater zu sprechen begonnen hatte, umschlich mich dieses seltsame Gefühl, dass er mir auch meine eigene Geschichte erzählen würde.

„Fabiano, du wirkst abwesend. Hör bitte noch einen Moment zu, die Geschichte ist gleich aus! Die schöne Zigeunerin sagt: ‚Oh, was ich sehe, ist nicht dein Schicksal. Ich sehe viel weiter. Das Schicksal eines deiner Nachkommen. Die Geschichte wiederholt sich ...'"

In meiner plötzlichen Hellsichtigkeit wusste ich genau, wie der Satz enden würde. Heute Nachmittag fand der Fototermin mit der ganzen Familie statt. Ein Bild. Elf Personen und ein Hund. Gleich im Anschluss an den Besuch bei meinem Vater. Alle probten jetzt schon die Aufstellung, ich sollte mit meinen Besitzern als letzter dazu kommen. Und dann, dann würde es wieder passieren.

Warum ich? Ich war doch ein guter Hund gewesen. Ich gehorchte doch so gern. Meistens. Ich raufte nicht mit anderen Hunden. Zumindest fing ich nie an damit. Ich räuberte nie den Kühlschrank aus, es sei denn, die Tür stand offen. Ich drängelte mich auch nicht jede Nacht in das Bett meines Herrn, nur dann, wenn ich mich einsam fühlte. Ich besuchte sogar meinen alten Vater. Ich war ein guter Hund, alles in allem. So war es doch nur folgerichtig, dass es mir an nichts fehlte, alle mich liebten und gut behandelten.

Warum sollte ich aus diesem Paradies vertrieben werden? Noch heute. Warum?

Eine Tür knallte. Sie waren zurück, um mich zu holen.

Die Geschichte, das war der Satz der schönen Zigeunerin, die Geschichte würde sich bei mir wiederholen. Hier und heute. In meiner Panik sprang ich auf, lief jaulend und schwanzwedelnd zur Zwingertür, begrüßte Herrchen und Frauchen so liebevoll wie nie zuvor, vergaß fast meinen Vater, drehte mich ein letztes Mal zu ihm um, bellte Adios und taumelte meinem Schicksal entgegen.

Es kam, wie es prophezeit war: Ein böser Erwachsener in einem Kinderkörper trat mich wieder und wieder, weil er es lustig fand. Ich blieb erst ruhig. Seelenruhig. Doch dann kochte die Wut in mir hoch. Ich wurde wild, alle purzelten schreiend durcheinander, ich floh, lebte fortan auf der Straße und unter Brücken – bis man mich fing.

So kam ich wieder zu meinem Vater. Man sperrte mich in den gleichen Zwinger. Erst erkannte er mich nicht, so stumpf und dreckig war mein schönes Fell. Vielleicht taugten seine Augen auch nicht mehr.

„Qué pasa?", sagte ich.

Seine Augen funkelten freudig. Ich legte mich zu ihm, wie ich es an jenem Sonntag getan hatte und wir schwiegen lange. Dann sprach er, langsam, mit seiner rauen, tiefen Stimme: „Fabiano, es ist schön, dich wieder bei mir zu haben. Du siehst nicht gut aus. Du warst so ein schöner, stolzer Mastiff und jetzt siehst du aus wie ein gewöhnlicher Straßenköter."

Ich nickte traurig und erzählte ihm meine Geschichte. „Alles", schloss ich, „alles hat sich genau so zugetragen, wie es die Zigeunerin mit den roten Lippen und dem schönen Schnurrbart vor langer Zeit prophezeite."

Da jaulte er. Er setzte sich auf und jaulte aus tiefstem Herzen. Es war ein fröhliches Jaulen, fast hätte ich mich anstecken lassen und mitgejault. Ich musterte ihn verwundert. Was gab es Erheiterndes an meinem Unglück?

„Fabiano, warum bist du nur so ungeduldig, warum konntest du damals nicht warten? Du weißt doch gar nicht, was die schöne Zigeunerin prophezeit hat. Heute sollst du es hören. Sie sagte: ‚Die Geschichte wiederholt sich, …'"

Eine Tür knallte. Schritte. Der vertraute Duft tunesischer Orangen- und marokkanischer Grapefruitblüte. Ich hörte jemanden meinen Namen rufen. Instinktiv bellte ich, um mich zu erkennen zu geben. Ich hörte Lachen, freudiges Lachen.

„… aber dieses Mal hat sie ein glückliches Ende."

Schattenvogel

»Die Tiere gruppieren sich wie folgt: a) Tiere, die dem Kaiser gehören, b) einbalsamierte Tiere, c) gezähmte, d) Milchschweine, e) Sirenen, f) Fabeltiere, g) herrenlose Hunde, h) in diese Gruppierung gehörige, i) die sich wie Tolle gebärden, k) die mit einem ganz feinen Pinsel aus Kamelhaar gezeichnet sind, l) und so weiter, m) die den Wasserkrug zerbrochen haben, n) die von weitem wie Fliegen aussehen.«

– Eine gewisse chinesische
Enzyklopädie, zitiert nach Jorge Louis
Borges von Michel Foucault

Bevor ich in die Schule kam, verbrachte ich viel Zeit zu Hause, spielte, ärgerte mein Au-pair, sah aus dem

Fenster und träumte wie eine Katze. Ich war ein zurückgezogenes Kind, ich genügte mir selbst. Am liebsten unterhielt ich mich mit meinem Schatten. Er war meine starke, furchtlose Seite. Ich mochte ihn sehr.

Das Seltsame begann in einer Gewitternacht. Donner grollte, Blitze zuckten am Himmel, ich fürchtete mich. Ich öffnete die Tür zum Flur und wollte hinüber in das Zimmer meiner Eltern gehen. Doch etwas hielt mich zurück. Aus dem Zimmer drangen Geräusche, die ich noch nie zuvor gehört hatte. Ich weiß nicht, was mir mehr Angst machte, das Gewitter oder die seltsamen Geräusche. Da zuckt ein Blitz, und auf der Schlafzimmertür ist mein Schatten zu sehen, wie immer viel größer und imposanter als ich. Mir kommt eine Idee! Ich flüstere „Schatten, Schatten, bitte geh für mich in das Zimmer und sieh nach, ob alles gut ist." Es ist finster im Flur, ich kann meinen Schatten nicht mehr erkennen. Wo ist er? Erneut zuckt ein Blitz und erhellt den Flur. Mein Schatten ist fort! Ich warte eine Weile auf ihn, doch er kommt nicht zurück. Mich überfällt eine lähmende Müdigkeit, meine Augen fallen ständig zu, ich kann mich nicht dagegen wehren.

Am nächsten Morgen weckte mich meine Mutter wie jeden Morgen und fragte, ob ich bei dem Gewitter gut geschlafen habe. Aus Angst, ihr von der Nacht zu erzählen, log ich sie an: „Ja, Mutter. Was für ein Gewitter?" Sie zog die Vorhänge auf und sagte, sie erwarte mich zum Frühstück. Die Sonne schien in mein Zimmer. Ich stand auf, rieb mir den Schlaf aus den Augen.

Plötzlich erschrecke ich ganz furchtbar: Wo ist mein Schatten? Die Wand mir gegenüber – leer. Mein Schatten, der mich jeden Morgen, wenn die Sonne ins Zimmer schien, auf dem Weg ins Bad begleitete, ist fort.

Ich bin allein. Ganz allein.

Auch am nächsten Morgen und am Morgen darauf war mein Schatten fort. Ich traute mich nicht, irgendjemandem davon zu erzählen, und ich vermied es, in Gegenwart anderer so im Licht zu stehen, dass sie meinen fehlenden Schatten bemerken konnten.

Ich war das Mädchen ohne Schatten.

Wenn ich allein war, flüsterte ich immer wieder „Schatten, Schatten, wo bist du?" So vergingen die Wochen und Stück für Stück schien mein Schatten zurückzukehren. Er war nicht so schön wie vorher, nicht so groß und mächtig im Licht der Lampe oder wenn die Sonne tief am Himmel stand, doch es war immerhin ein Schatten. Ich konnte mich jetzt wieder freier bewegen, denn ich schien die Einzige zu sein, die den neuen von dem alten Schatten unterscheiden konnte. Bald vergaß ich meinen alten Schatten, ich kam in die Schule, lebte wie jedes andere Kind.

Jahre später machte ich eine Entdeckung. Ich war fünfzehn.

Wieder tobt ein Gewitter vor dem Fenster, doch ich

fürchte mich nicht mehr. Ich bin müde, will zu Bett gehen und ziehe mich aus. Als ich nackt in meinem Zimmer stehe, zuckt ein Blitz und ich erschrecke fürchterlich. An der Wand mir gegenüber ist ein neuer Schatten. Es ist kein Abbild von mir, dort auf der Wand lauert ein riesiger Raubvogel. Er hat seine Flügel schräg aufgestellt, ich kann seinen gebogenen Schnabel erkennen, und seine Klauen zeigen zum Boden. Mit dem Blitz verschwindet der Schatten. Mein Herz rast, mir wird auf einmal furchtbar heiß. Wieder stehe ich wie gebannt im Haus und starre auf die Wand. Der nächste Blitz kommt und mit ihm wieder der riesenhafte Schattenvogel. Ich schreie leise und flüchte mich, nackt wie ich bin, unter die Bettdecke.

Ich schlief einen wilden Schlaf in dieser Nacht. Am nächsten Morgen regnete es, ein düsterer Herbsttag. Ich zog mich an, doch bevor ich nach unten ging, machte ich einen Test. Ich schaltete meine Leselampe ein, richtete sie mit zitternden Händen auf die Wand und stellte mich mit geschlossenen Augen zwischen Lampe und Wand. Was ich sah, als ich die Augen vorsichtig öffnete, erleichterte mich. Ich musste geträumt haben, an der Wand erschien wieder mein ganz normaler Schatten.

Der Gedanke an meinen Traum ließ mich den ganzen Tag nicht los, doch ich erzählte niemandem davon. Am Abend stellte ich mich erneut ins Licht der Leselampe – doch da war nur ein einfacher Schatten eines einfachen Mädchens in einem Schlafanzug. So vergaß ich diese Gewitternacht, genau wie ich die andere Gewitternacht vergessen habe.

Ein Jahr später hatte ich meinen ersten Freund. Meine Eltern waren nicht zuhause, und er wollte die Nacht bei mir verbringen. In meinem Zimmer flackerten Kerzen. Irgendwann verschwand ich im Bad und zog mich aus. Ich öffnete die Tür und ging langsam nackt durch mein großes Zimmer. Er erwartete mich im Bett und ich spürte seine Blicke auf meinem Körper. Plötzlich schreit er und zeigt mit einem zitternden Finger auf die Wand hinter mir. Da ist wieder der Vogel, riesengroß, sein Schnabel ist geöffnet, er scheint mit den Flügeln zu flattern. Ich will meinen Freund beruhigen, doch ich stammle nur unzusammenhängende Silben, während er aus dem Bett springt, sich Jeans und T-Shirt greift, aus dem Zimmer rennt, das Haus verlässt, um nie mehr wiederzukehren. Ich weine wie noch nie in meinem Leben, da öffnet der Vogel an der Wand seine Schwingen und scheint sie um mich zu legen. Ich fühle mich in dieser Umarmung geborgen und werde wieder ruhiger. Bis zum Morgengrauen bleibe ich in der schützenden Umarmung meines Schattenvogels. Dann verlässt er mich.

Jetzt hatte ich verstanden, wann er kam: Ich musste nackt sein!

So traf ich den Vogel jede Nacht, er wurde mein bester Freund, ich fühlte mich so geborgen in seiner Nähe wie ich es nie zuvor erlebt hatte. Ich erzählte niemandem davon und zeigte ihn niemandem – bis zu jenem verhängnisvollen Tag, von dem ich heute noch kaum erzählen kann, ohne zu frösteln.

An jenem Tag saß ich mit einem Buch in einem Café; ich lernte für eine wichtige Prüfung. Es war früh am Abend. Auf einmal stand ein langes, dünnes Mädchen vor mir und fragte, ob es sich zu mir setzen dürfe. Ich nickte, schließlich war da noch ein freier Stuhl, dann las ich weiter. Der Kellner brachte dem Mädchen einen schwarzen Kaffee, um uns herum füllte sich das Café mit Studenten, französische Schlager liefen im Hintergrund, unterbrochen vom Lärm der Espressomaschine, es duftete nach italienischem Kaffee und Herbst.

Da sagte das Mädchen: „Kennst du mich nicht mehr?"

Ich sah sie verwundert an und schüttelte den Kopf. „Nein, ich habe dich noch nie zuvor gesehen."

Das Mädchen beugte sich vor: „Sieh ganz genau hin!"

Dann drehte sie ihr Gesicht, so dass ich ihr Profil sehen konnte. Ich spürte Vertrautheit, aber konnte nicht sagen, wer sie war.

„Sieh ganz genau hin", sagte sie noch einmal, „und du wirst dich erinnern."

Ich fühlte mich unwohl, wollte aufstehen, an der Bar zahlen und gehen, aber etwas hielt mich. So starrte ich auf ihr Profil und plötzlich wusste ich, wer sie war. Sie bemerkte es sofort und blickte mich wieder direkt an: „Siehst du, es war doch gar nicht so schwer."

Ich entgegnete: „Das kann nicht sein, du bist nicht wirklich."

„Doch, das bin ich."

Sie griff nach meiner Hand und drückte sie, fest, ganz fest.

„Ich existiere wirklich, so wie du."

Ich wollte aufstehen, doch sie ließ meine Hand nicht los. „Setz dich! Du kannst nicht gehen, wir gehören zusammen."

Sie war sehr kräftig, es gelang mir nicht, mich aus ihrem Griff zu befreien. Die Menschen im Café schauten bereits zu uns hinüber, also setzte ich mich wieder, und sie gab meine Hand frei.

„Sag mir einfach, was du willst, warum du hier bist."

„Ich bin es leid, als Mensch in der Welt herumzureisen, ich habe viel gesehen und erlebt, aber nirgendwo war es so schön wie bei dir. Ich will wieder dein Schatten sein."

Ich schrie kaum hörbar, wie ein Vogel. Meine Gedanken rasten, ich fand nicht die richtige Antwort, nicht den Grund. Wie sollte ich es ihr ausreden, was sagen, was tun?

„Lass mich aufstehen, und ich werde dir etwas zeigen."

Sie nickte. Ich ging vor eine Wand in das Licht

einer Barlampe. Mein Schatten fiel an die Wand. Da lachte sie nur höhnisch.

„Ich bin ein viel besserer Schatten als dieser kümmerliche Zweitschatten. Du weißt es. Wie kannst du da zögern? Ich bin ein prächtiger Schatten, ich werde dir alle Ehre machen. Nur als Mensch bin ich nichts, ich bin nicht attraktiv als Mensch, ich kann mir umhängen, was ich will, die Menschen mögen mich nicht ansehen. Ich bin um die ganze Welt gereist, aber ich fand niemanden, der mein Freund sein wollte. Als wenn jeder spüren würde, dass ich einst Schatten war. Die Menschen geben viel zu viel auf Herkunft und Aussehen, es sind oberflächliche Wesen. Ich kann sie nicht ausstehen. Aber dich, dich habe ich immer gemocht. Und du mich auch! Mit dir hatte ich die schönsten Jahre, du hast mich geschätzt, mir alles erzählt, du warst meine Freundin.

Es war ein Fehler von mir, zu gehen. Aber du hast es mir befohlen in jener Gewitternacht. Ich bin in das Schlafzimmer deiner Eltern geschlüpft und habe beobachtet, wie sie sich im Bett wälzten. Es war widerlich. Dann bin ich auf die Straße hinaus und fort aus dieser Stadt. Mit den Tagen wurde ich immer mehr Mensch; so wie du einen neuen Schatten bekommen hast, bin ich zu einem Mädchen geworden. Ich konnte mich sehr gut durchschlagen, weil ich alle Geheimnisse der Menschen kenne und nichts vor mir verborgen bleibt. So konnte ich ihnen schmeicheln, sie erpressen – je nachdem.

Jetzt bin ich wohlhabend und wohne im teuersten Hotel der Stadt."

Sie zeigte aus dem Fenster auf ein weißes Prachtgebäude. Dann schwieg sie. Mir war unwohl in ihrer Gegenwart. Sie hatte sich verändert; aus dem freundlichen Kinderschatten war ein niederträchtiger Mensch geworden. Wie konnte sie wieder mein Schatten werden? Ich durfte es nicht zulassen!

Sie schien meine Gedanken zu erraten. „Entweder du nimmst mich als Schatten zurück oder ich werde dein Leben ruinieren. Ich bin sehr einflussreich, ich weiß geheime Dinge von den Menschen, Dinge, die nicht ans Licht kommen sollen. Ich weiß auch Dinge von deiner Prüfung, deiner Professorin. Es wäre doch schade, wenn du im Studium scheiterst ... Sei morgen in meinem Hotelzimmer, es ist die Suite, die für Königinnen und Präsidenten reserviert wird. Ich erwarte dich um 21 Uhr."

Nachdem sie das letzte Wort gesprochen hatte, stand sie auf und verließ das Café. Mir war so übel wie nie zuvor.

Am nächsten Abend gehe ich in das Hotel und klopfe an ihre Zimmertür. Sie öffnet und bittet mich hinein. Das Licht ist gedimmt, wir trinken chinesischen Tee aus Tassen mit Goldrand, die Zimmer sind in Pastelltönen gehalten, die Decken hoch, die Gemälde alt, die Kissen weich. Ich fühle mich wie in einem französischen Schloss aus dem 18. Jahrhundert.

„Gestern wollte ich dein Schatten werden, du schienst nicht begeistert. Ich wollte mein Leben für dich aufgeben, aber du, du gucktest, als wollte ich dich ins Gefängnis werfen. Ich hatte eine schwere Nacht. Doch heute Morgen, da kam mir eine viel bessere Idee, du wirst sie lieben. Nicht ich werde dein Schatten: Du wirst mein Schatten! So behalten wir all den Luxus, den ich mir erworben habe, und müssen nicht dein kleines Leben leben. Und du, du machst mich attraktiv für die Menschen. Wie gefällt dir das?"

Ich nicke zu stark, bemühe mich vergeblich zu lächeln, spüre, wie sich die linke Braue aufsässig nach oben zieht, aber sie bemerkt meine Abneigung nicht in ihrem Überschwang.

„Ja, das klingt doch viel besser. Gern wäre ich dein Schatten."

Doch plötzlich scheint sie Verdacht zu schöpfen: „Meinst du es ernst oder spielst du mir etwas vor?"

Jetzt gelingt mir ein Lächeln, und ich sage ruhig und mit meiner sanftesten Stimme: „Erkläre mir doch bitte, wie ich dein Schatten werde. Ich würde es sehr gern wissen."

Da freut sie sich und umarmt mich wie ein kleines Kind.

„Es ist einfach. Ich werde diese Lampe einschalten, so fällt Licht auf die Wand. Du stellst dich in den Lichtkegel und wir sehen deinen Schatten. Ich werde mich in den Schatten stellen, eine kleine Zauberformel murmeln, dann bist du mein Schatten."

Da kommt mir wieder der Gedanke, den ich den ganzen Tag mit mir herumgetragen habe. Ein gefährlicher Gedanke.

„So machen wir es. Darf ich nur einen Wunsch äußern?"

„Ich höre."

„Lass mich diese Zeremonie nicht in Kleidern vollziehen. Ich möchte ein reiner Schatten sein."

Sie legt die Hand ans Kinn und grübelt.

„Reiner Schatten ... Ja, das ist eine brillante Idee. Dort ist das Badezimmer."

Ich verschwinde im Badezimmer, ziehe mich aus und werfe mir den plüschigen Hotelbademantel über, der an der Tür hängt. Als ich in das Zimmer zurückkehre, ist die Lampe bereits eingeschaltet, und ich gehe langsam barfuß über den weichen Teppich, bis ich im Lichtkegel stehe. An der Wand befindet sich mein Schatten. Sie lacht über den Schatten, kommandiert mich im Zimmer herum, damit ich so stehe, dass der Schatten groß genug für sie ist. Dann tritt sie in meinen Schatten, ruft: „Zieh dich aus!", und beginnt, ihre Zauberformel zu murmeln.

Da drehe ich mich zu ihr um und werfe den Bademantel von mir, der Schattenvogel erscheint, sie schreit und schreit, während er sie mit seinen Klauen zu Boden drückt und mit seinem spitzen Schnabel erst auf ihr Gesicht und dann auf ihren Körper einhackt. Bluttropfen spritzen auf meine nackte Haut. Ich sehe gebannt zu, wie der Vogel sie zerfleischt, wie er den

Schatten meiner Kindheit, der zu einer bösen und gefährlichen Frau geworden war, in Stücke reißt.

Als sie nicht mehr schrie, erhob sich der Vogel und legte seine Schwingen um mich. Ich fühlte mich geborgen wie ein Kind, das sich selbst genügt.

Danke

Vielen Dank, dass Sie dieses Buch gekauft haben. Über Kommentare und Kritik freue ich mich. Bitte schreiben Sie mir an tp@thomas.pyczak.de. Vielleicht haben Sie auch Lust, eine Bewertung abzugeben oder eine Rezension zu schreiben. Das würde mich sehr freuen.

Herzlichen Dank allen, die mich bei der Entstehung von „Nachtigall" unterstützt haben. An Claudia Brendler für dein wunderbares Lektorat! Nur die zwölfte Erzählung ist ein Opfer deiner Kritik geworden. Oder vielmehr: meiner Unfähigkeit, sie so zu erzählen, dass sie nicht komplett rätselhaft bleibt. Ach, „Zirkus"! Danke, liebe Ute Winkler. Ich bewundere deine inhaltliche und sprachliche Detailgenauigkeit, auch wenn du eigentlich viel wichtigere Dinge zu tun hattest, als meine Texte zu lesen. Danke, liebe Rebecca Resch, für deine Korrekturen. Ohne dich hätte ich glatt die Toten Hosen falsch zitiert. Danke, liebe Adriana Mortelliti, für all die großartigen Titel-Illustrationen. Die Hitchcock-Nachtigall ist es geworden, die mit dem bösen Blick. Bei der ich spontan gesagt habe: „Die auf keinen Fall!" Ich danke all den lieben Freunden, die mich zu diesen Erzählungen inspiriert und mir Feedback gegeben haben: Sabine Fasterling, Füsun Lindner, Karin Pyczak, Lina und Dr. Helge Jörgens, Dr. Reinhard Gärtner, Frank Poecze, Kersten Weichbrodt.

Ganz besonders wichtig waren mir die Gespräche mit unserer lieben Freundin Ivana Biman. Es gibt und gab niemanden, den das Offene und Traumartige meiner Erzählungen so sehr angesprochen hat. Du fehlst mir, als Leserin und Freundin. Vielen Dank meiner Frau Bettina für die Begleitung auf den spannenden inneren und äußeren Reisen, die nötig waren, um dieses Buch zu schreiben. Du bist die einzige, die all die Vorbilder für die Tiere und Menschen in diesem Buch kennt. Und du kannst schweigen. Danke auch für das schöne Coverdesign, das direkt in die Erzählwelt hineinführt.

Thomas Pyczak
Herrsching, im Juli 2017

Über den Autor

Thomas Pyczak wurde 1960 in Hamburg geboren. Er jobbte als Taxifahrer, Automechaniker und Packer, bevor er Philosophie und deutsche Literatur studierte. Danach arbeitete Pyczak als Journalist, Chefredakteur und Verlagsmanager. 2014 beschloss er, sich seinen Jugendtraum zu erfüllen und Schriftsteller zu werden. Im Sommer 2016 erschienen seine beiden Romane *Ende der Welt* und *Starnberg. Marrakesch. Starnberg.* Thomas Pyczak lebt mit seiner Frau am Ammersee.

Starnberg. Marrakesch. Starnberg.

Ein Roman von Thomas Pyczak

„Thriller? Märchen? Reiseabenteuer?"

„Dieses Buch vereint Kulturen und Menschen, Märchen und Philosophie und die harte Realität mit zauberhafter Poesie."

„1001 Nacht trifft Wirtschaftskrimi."

„Zum Schluss war ich mir nicht sicher, ob ich einen fantasievollen Film gesehen oder ein Buch gelesen habe."

„Kann ich allen empfehlen, die dem Alltag entkommen wollen, womöglich an Burnout leiden, innere Werte und Stärke suchen, oder aber einfach nur Sehnsucht nach Veränderung verspüren, eine mystische Reise machen wollen."

„Man erlebt Marrakesch mit allen 5 Sinnen. Buch weg, Marrakesch noch lange da."

„Das Buch ist sehr aktuell, hat aber auch Passagen zum Träumen."

„Und immer, wenn man glaubt, man hat eine Idee, wie die Geschichte enden könnte, tut sich eine Tür auf und man verschwindet wieder – so wie auf dem Markt in Marrakesch."

Die erfolgreiche Internet-Unternehmerin Mia leidet an Burnout. Verzweifelt verlässt die Dreißigjährige Berlin und zieht sich nach Starnberg zurück. Dort beginnt ihr Leben sich nach und nach zu verändern: Sie meditiert. Sie trifft Menschen, die so ganz anders sind als die getriebenen Nerds, die sie in ihrer Internetagentur beschäftigt. Sie lernt ein Flüchtlingspärchen kennen. Für Almaz, die junge Frau des Pärchens, empfindet Mia schon bald ein Gefühl tiefer Verbundenheit.

Durch einen Zufall findet Mia heraus, dass ihr Geschäftspartner Jo sie aus der Firma drängen will. Als sie endlich soweit ist, zurück nach Berlin zu fahren und Jo zur Rede zur zu stellen, bittet Almaz Mia um einen Gefallen: Hol meinen Bruder aus Marrakesch. Nur er kann mich retten.

Mia reist nach Afrika. In ein schillerndes Marrakesch, das sie erst abstößt, doch schon bald immer mehr fasziniert. Die abenteuerliche Suche nach dem Bruder von Almaz führt Mia in eine Welt der Schatten und Gaukler, der Heiler und Hellseher, der magischen Ketten und Zauberworte, der Zufälle und überraschenden Begegnungen. Sie führt Mia auch zurück in ihre eigene Vergangenheit, in ihren inneren Orient.

Starnberg. Marrakesch. Starnberg. ist nicht nur eine dramatische und nachdenkliche Erzählung, sondern auch Reiseroman mit vielen Details, die jedem Besucher das Ankommen in der arabischen Welt erleichtern. Das Buch setzt sich mit aktuellen Themen der Gesellschaft auseinander: der Flüchtlingskrise, dem Burnout, der Frage nach dem richtigen Leben. Marrakesch wird zum mystischen Kontrapunkt zur rationalen westlichen Welt, die junge Flüchtlingsfrau Almaz wird zur Retterin, der Burnout zur Chance, das richtige Leben zu finden.

Ende der Welt

Ein Roman von Thomas Pyczak

„Ende der Welt dürfte all jenen gefallen, die immer auf der Suche nach dem Besonderen in Geschichten sind, die einen ausgefeilten Sprachstil schätzen und die sich einfach gerne in fremde Gefühls- und Lebenswelten entführen lassen."

„Ist Ende der Welt Reiseführer, Urlaubsroman, Abenteuerroman, Schicksalsroman oder Thriller? Vielleicht von allem ein wenig! Findet es selbst heraus und lest diese beeindruckende Geschichte."

„Ein tolles Buch. Spannend und gut geschrieben. Es führt den Leser in eine völlig unbekannte Region dieser Welt."

„Ende der Welt hat, was vielen Romanen schon fehlt – Zeit, Überraschung, Wendungen und ein Ende, welches auch ein Anfang sein kann."

„Feuerland leuchtet und lockt nach dieser Lektüre und steht schon auf dem Reiseplan!"

„Der Roman hat mich von Anfang an gepackt, obwohl es eine eher ruhige Geschichte ist. Beim Lesen merkte ich etwas, das mir selten passiert, und zwar, dass ich selbst total ruhig und entspannt wurde."

1991: Der Student André nimmt sich eine Auszeit von seiner Beziehung und seinem Leben und bereist den amerikanischen Kontinent. Er kommt bis ans Ende der Welt: Ushuaia in Feuerland, die Stadt der windgepeitschten Bäume und ständig quietschenden Türen. Eine davon öffnet sich für André, und er verschwindet spurlos.

22 Jahre später macht sich Andrés Sohn Jan mit seiner Mutter Stella auf Spurensuche. Er will endlich die Wahrheit über seinen Vater erfahren. Doch kaum in Feuerland angekommen, verschwindet auch er.

Nun muss Stella den Kampf allein aufnehmen und sich gegen die Rauheit der einsamen Stadt und ihrer Bewohner behaupten. Ihr gediegener Lebensstil, ihre vegane Ernährung und ihre Liebe zu Tai Chi – am Ende der Welt ist Stella zunächst nur eine verlorene Außenseiterin.

Allen Widerständen zum Trotz findet sie schon bald erste Spuren: Ein rätselhaftes Mädchen namens Carmen. Deren verwirrte Mutter Dolores, die seit Jahrzehnten ein Tagebuch versteckt. Und immer mehr mysteriöse Hinweise, dass Ushuaia Menschen verschwinden lässt.

Die kühle Hanseatin, stellt sich ihrem größten Feind: Der Vergangenheit, an die sie sich nie wieder erinnern wollte ... Ein Wettlauf gegen die Zeit beginnt.

Reiseroman. Liebesgeschichte. Thriller. *Ende der Welt* hat viele Facetten und ist doch vor allem eins: die fesselnde Geschichte der Suche nach der eigenen Identität. Das verbindet alle Figuren in diesem Roman – macht sie zu Freunden oder zu erbitterten Gegnern.